Der Weihnachtsdieb

Mary & Carol
Higgins Clark

Der Weihnachtsdieb

Deutsch von Marie Henriksen

Weltbild

Originaltitel: *The Christmas Thief*
Originalverlag: Simon & Schuster, Inc.

Besuchen Sie uns im Internet:
www.weltbild.de

Weltbild Buchverlag
Deutsche Erstausgabe 2005

2. Auflage 2006

Published by arrangement with the original publisher,
Simon & Schuster, Inc.

Projektleitung: Gerald Fiebig
Übersetzung: Marie Henriksen
Redaktion: Jürgen Bolz
Satz: AVAK Publikationsdesign
Umschlag: Jackie Seow
Umschlagillustration: Mark Stutzman
Umschlagfoto: Timothy Laman/
National Geographic/Getty Images
Druck und Bindung: Bagel Roto-Offset GmbH & Co. KG,
Gewerbegebiet Sachsen-Anhalt Süd,
Kirchweg, 06721 Schleinitz

Gedruckt auf chlorfrei gebleichtem Papier

Printed in Germany

ISBN 3-89897-202-X

Danksagung

Wollt ihr nicht mal eine Geschichte darüber schreiben, wie der Weihnachtsbaum des Rockefeller Centers gestohlen wird?«, fragte Michael Korda uns. Eine gute Frage. Es klang nach einer Herausforderung und versprach jede Menge Spaß, und so machten wir uns an die Arbeit.

Und nun ist es an der Zeit, Weihnachtspäckchen an alle die Menschen zu verteilen, die uns dabei unterstützt haben:

Funkelnde Sterne für unsere Lektoren Michael Korda und Roz Lippel. Ihr seid großartig!

Glitzernde Girlanden für unsere Agenten Gene Winick und Sam Pinkus und für unsere PR-Frau Lisl Cade.

Goldener Christbaumschmuck für Gypsy da Silva und Rose Ann Ferrick, die sich der Redaktion der Texte annahmen, und die Korrekturleser Jim Stoller und Barbara Raynor.

Ein immer gut gefülltes Glas Punsch für Sergeant a.D. Steven Marron und Detective a.D. Richard Murphy, die uns mit Hintergrundinformationen aushalfen, wo es nötig war.

Wir singen fröhliche Weihnachtslieder für Inga Paine, die Mit-Begründerin von Paine's Christbaumplantage, ihre Tochter Maxine Paine-Fowler, ihre Enkelin Gretchen Arnold und ihre Schwester Carlene Allen, die uns an einem stillen Sonntagnachmittag in Stowe, Vermont, in ihr Haus ließen, um unsere Fragen über den Baum zu beantworten, der in diesem Buch die Hauptrolle spielen sollte.

Ein frisch gebratenes Rebhuhn für Timothy Shinn, der uns mit dem logistischen Problem vertraut machte, einen neun Tonnen schweren Baum zu transportieren. Wenn wir dabei irgendetwas missverstanden haben, bitten wir inständig um Vergebung. Dank auch an Jack Larkin, der uns den Kontakt mit Timothy vermittelte.

Feiertagsküsschen für unsere Familien und Freunde, vor allem an John Conheeney, Agnes Newton und Nadine Petry.

Zuckerstangen und bunte Schleifen für Carla Torsilieri D'Agostino und Byron Keith Byrd für ihre Geschichte der berühmten Rockefeller-Bäume.

Ein dankbarer Chor für die Mitarbeiter im Rockefeller Center, die seit siebzig Jahren ungezählten Millionen von Menschen so viel Freude bereiten, indem sie jedes Jahr den schönsten Weihnachtsbaum der Welt suchen, finden und schmücken.

Und schließlich alle guten Wünsche Ihnen, unseren Leserinnen und Lesern. Fröhliche, gesegnete, glückliche, strahlende Feiertage für Sie alle.

In froher Erinnerung an unseren lieben Freund
Buddy Lynch
Er war der Beste von allen –
ein wirklich großartiger Kerl

I think that I shall never see
A poem lovely as a tree.

Gedichte sind nie (oder kaum)
Schön wie ein echter, grüner Baum.

Joyce Kilmer

1

Mit größter Sorgfalt setzte Packy Noonan ein Kreuz in den Kalender, den er an seine Zellenwand geheftet hatte. Die Zelle befand sich in einem Bundesgefängnis unweit von Philadelphia, das sich »Stadt der brüderlichen Liebe« nannte. Packy strömte geradezu über vor lauter Liebe zu seinen Mitmenschen. Seit zwölf Jahren war er nun Gast der Regierung der Vereinigten Staaten, genauer gesagt seit zwölf Jahren, vier Monaten und zwei Tagen. Aber weil er mehr als fünfundachtzig Prozent seiner Strafe absolviert hatte, und dies bei stets tadelloser Führung, hatte der Haftrichter nach einigem Zögern beschlossen, Packy zum 12. November auf freien Fuß zu setzen.

Noch zwei Wochen.

Packy, der mit vollem Namen Patrick Coogan Noonan hieß, war ein Weltmeister in der Kunst des Betruges, und sein Verbrechen hatte darin bestanden, gutgläubigen Investoren insgesamt fast einhundert Millionen US-Dollar abzuschwatzen – für eine nach außen hin blitzsaubere Firma, die er selbst gegründet hatte. Als das Kartenhaus schließlich eingestürzt war, konnte niemand sagen, wo das Geld geblieben war – immerhin fast achtzig Millionen Dollar, wenn man das abzog, was Packy für Häuser, Autos, Schmuck, Schmiergelder und halbseidene Damen ausgegeben hatte.

In den Jahren seiner Haft war Packy stets bei seiner ursprünglichen Geschichte geblieben: Er bestand darauf, dass seine beiden abgetauchten Compagnons mit dem restlichen Geld verschwunden waren und dass er, ebenso wie die Investoren, ein Opfer der eigenen Gutgläubigkeit geworden sei.

Er war fünfzig Jahre alt, hatte ein schmales Gesicht mit einer Hakennase und eng stehenden Augen, schütteres

braunes Haar und ein Vertrauen erweckendes Lächeln. Seine Haftjahre hatte er mit stoischer Ruhe hinter sich gebracht. Schließlich wusste er, wenn der Tag seiner Entlassung kam, würde ihn sein Notgroschen von achtzig Millionen Dollar für manche Unannehmlichkeit entschädigen.
Sobald er die Beute an sich gebracht hätte, würde er sich eine neue Identität verschaffen, und dann würde ihn ein Privatjet nach Brasilien bringen, wo bereits ein hoch qualifizierter Chirurg auf ihn wartete, um die scharfen Gesichtszüge ein wenig in Ordnung zu bringen, die allzu leicht als Blaupause seiner ebenso scharfen Gedanken hätten dienen können.
Alle diese Arrangements waren von seinen beiden abgetauchten Compagnons in die Wege geleitet worden, die bereits in Brasilien lebten und dort von zehn Millionen Dollar aus den fehlenden Kundengeldern zehrten. Das restliche Vermögen hatte Packy vor seiner Verhaftung noch in Sicherheit bringen können – ein Umstand, der ihm die Kooperationsbereitschaft seiner Komplizen sicherte.
Der Plan, seit langer Zeit ausgearbeitet, sah vor, dass Packy nach seiner Entlassung brav in das Übergangswohnheim in New York traben sollte, wie es die Bewährungsauflagen für seine vorzeitige Entlassung verlangten. Dort würde er einen Tag lang allen Regeln folgen, dann würde er eventuelle Verfolger abschütteln, seine Komplizen treffen und mit ihnen nach Stowe in Vermont fahren. Dort gab es ein angemietetes Bauernhaus, einen Tieflader und eine Scheune, um ihn zu verstecken, und das Werkzeug, das man brauchte, um einen sehr hohen Baum zu fällen.
»Warum gerade Vermont?«, hatte Giuseppe Como gefragt, besser bekannt als Jo-Jo. »Du hast doch gesagt, du hast die Beute in New Jersey versteckt. Du wirst uns doch nicht belogen haben, Packy?«

»Wie sollte ich euch jemals belügen?«, hatte Packy mit dramatischem Tonfall gefragt. »Vielleicht wollte ich nur nicht, dass ihr im Schlaf sprecht.«

Jo-Jo und Benny, die 42-jährigen Zwillinge, waren in den Coup von Anfang an einbezogen gewesen, gaben aber beide bereitwillig zu, dass keiner von ihnen den Kopf besaß, um sich derart große Pläne auszudenken. Sie akzeptierten ihre Rolle als Packys Fußtruppe und freuten sich über die Brosamen, die von seinem Tisch fielen, umso mehr, als es sich in der Regel um äußerst lukrative Brosamen handelte.

»O Tannenbaum, *mein* Tannenbaum«, summte Packy vor sich hin, als er sich vorstellte, wie er den einen ganz speziellen Ast an dem einen ganz speziellen Baum in Vermont wieder finden würde und wie es sich anfühlen würde, die Thermosflasche mit den schier unbezahlbaren Diamanten wieder in der Hand zu halten, die seit mehr als dreizehn Jahren dort saß wie ein Vogel im Nest.

2

Es war frisch an diesem Nachmittag mitten im November, aber Alvirah und Willy Meehan beschlossen dennoch, den Weg von ihrer Selbsthilfegruppe für Lotteriegewinner nach Hause zu Fuß zurückzulegen. Zu Hause, das war eine Wohnung in dem Viertel südlich des Central Parks. Alvirah hatte die Selbsthilfegruppe gegründet, als sie und Willy die vierzig Millionen Dollar gewonnen hatten. Damals hatten sie eine ganze Reihe warnender E-Mails von Leuten erhalten, die ihnen schrieben, dass auch sie Berge von Geld gewonnen hätten und dass ihnen diese gewaltigen Summen in null Komma nichts zwischen den Fingern zerronnen seien.
Diesen Monat hatten sie das Treffen der Gruppe ein paar Tage vorverlegt, denn sie wollten nach Stowe in Vermont fahren, um dort im »Hotel Trapp-Familie« (benannt nach dem in den Vierzigern so populären Familienchor, der aus Österreich in die USA geflohen war) ein langes Wochenende zu verbringen, gemeinsam mit ihrer guten Freundin, der Privatdetektivin Regan Reilly. Regan würde ihren Verlobten Jack Reilly mitbringen, den Leiter der Abteilung für Kapitalverbrechen bei der New Yorker Polizei, und ihre Eltern Luke und Nora. Nora war eine bekannte Krimi-Autorin; Luke besaß ein Bestattungsunternehmen. Die Geschäfte waren derzeit geradezu hektisch, aber Luke hatte gesagt, keine noch so dringende Leiche werde ihn von diesem Kurzurlaub abhalten.

Alvirah und Willy hatten damals gerade die Sechzig vollendet und waren seit vierzig Jahren verheiratet, als jener schicksalhafte Abend hereinbrach. Sie hatten in Flushing, Queens, gelebt, an jenem Abend, als die kleinen Kugeln fielen, jede mit einer Zahl darauf und exakt in jener Folge, die die Meehans seit Jahren spielten: eine Kombination aus ihren Geburtstagen und ihrem Hochzeitstag.

Alvirah hatte im Wohnzimmer gesessen und ein Fußbad genommen, denn sie hatte einen harten Tag auf ihrer Freitags-Putzstelle hinter sich – ihre dortige Auftraggeberin, Mrs O'Keefe, war ein entsetzlicher Schmutzfink. Willy, der eine Installationswerkstatt sein Eigen nannte, war gerade nach Hause gekommen, nachdem er noch schnell in dem alten Mietshaus auf dem Grundstück nebenan eine Toilette repariert hatte. Im ersten Augenblick war Alvirah wie gelähmt gewesen, dann war sie aufgesprungen und hatte prompt ihr Fußbad verschüttet. Auf nassen, nackten Füßen war sie mit Willy durchs Zimmer getanzt, und sie hatten beide gleichzeitig gelacht und geweint.

Nach diesem ersten Gefühlsausbruch waren sie vernünftig und vorsichtig gewesen. Die einzige Extravaganz, die sie sich geleistet hatten, war die Dreizimmerwohnung mit Terrasse über dem Central Park gewesen. Und selbst hier waren sie vorsichtig genug, die Wohnung in Flushing zu behalten für den Fall, dass der Staat New York Pleite ging und die Zahlungen an sie einstellte. Die Hälfte des Geldes, das sie jedes Jahr ausgezahlt bekamen, sparten sie und investierten es klug.

Alvirahs flammend orangerotes Haar hatte einen goldenen Ton angenommen, seit der Starfriseur Antonio Hand daran anlegte. Ihre Freundin Baronesse Min von Schreiber hatte mit ihr den schönen Hosenanzug aus Tweed ausgesucht, den sie trug. Min hatte sie irgendwann gebeten, niemals allein shoppen zu gehen: Alvirah, so sagte sie, sei leider eine allzu leichte Beute für Verkäufer, die ihren Kunden Ladenhüter aufschwatzen wollten.

Natürlich hatte Alvirah dem Schrubber und dem Putzeimer Lebewohl gesagt, aber in ihrem neuen Leben war sie beschäftigter als je zuvor. Ihr guter Riecher für Menschen, die in Schwierigkeiten waren, und ihr Talent, Probleme zu lösen, hatten sie zur Amateurdetektivin gemacht. Als kleine Arbeitshilfe hatte sie ein Mikrofon in ihrer großen Sonnenblumen-Brosche versteckt und schaltete es ein, wenn sie auch nur den leisen Eindruck gewann, ihr Gesprächspartner habe etwas zu verbergen.

In den drei Jahren ihres Lebens als Multimillionärin hatte sie ein Dutzend Verbrechen aufgeklärt und darüber in der Wochenzeitung *The New York Globe* berichtet. Die Leser waren so begeistert von ihren Abenteuern, dass sie mittlerweile eine eigene zweiwöchentliche Kolumne hatte, auch wenn sie gerade über kein Verbrechen berichten konnte.

Willy hatte sein Ein-Mann-Unternehmen ebenfalls aufgegeben, arbeitete aber genau wie seine Frau mehr denn je: Er widmete sein Talent nun der Verbesserung der Wohnverhältnisse armer Rentner auf der West Side, unterstützt von der Ältesten aus seiner großen Geschwisterschar, Schwester Cordelia, einer höchst beeindruckenden Nonne aus einem Dominikanerinnenkonvent.

Heute hatte sich die Selbsthilfegruppe in einer großartigen Wohnung im Trump Tower getroffen, die Herman Hicks erstanden hatte, ein Neuzugang unter den Lotteriegewinnern, der, wie Alvirah soeben leicht beunruhigt zu Willy sagte, sein Geld entschieden zu schnell ausgab.

Gerade näherten sie sich der Ampel an der Fifth Avenue gegenüber dem Plaza Hotel. »Es wird schon gelb«, sagte Willy. »Bei diesem Verkehr möchte ich lieber nicht mitten auf der Straße stehen bleiben. Die sind im Stande und fahren uns in Grund und Boden.«

Wenn es nach Alvirah gegangen wäre, hätten sie einfach mehr Tempo gemacht. Sie hasste es, eine Ampelphase auszulassen, aber Willy war eben sehr vorsichtig. Das ist der Unterschied zwischen uns, dachte sie mit einem milden Lächeln, die Risikofreudigere von uns beiden bin ich.

»Ich denke, Herman kriegt das schon hin«, sagte Willy beruhigend. »Wie er schon sagte, er hat sein Leben lang davon geträumt, im Trump Tower zu wohnen, und eine Immobilie ist doch immer eine gute Investition. Die Möbel hat er den Vorbesitzern zu einem fairen Preis abgekauft, und die einzige Extravaganz, die er sich geleistet hat, war dieser Designerschrank von Paul Stewart.«

»Mag schon sein, aber ein siebzigjähriger kinderloser Witwer mit zwanzig Millionen nach Abzug aller Steuern wird wohl keinen Mangel an Damen haben, die ihn mit Tunfischauflauf oder ähnlichen Leckereien beglücken wollen«, stellte Alvirah besorgt fest. »Wenn er doch bloß merken würde, was für eine wunderbare Frau Opal ist.«

Opal Fogarty war ein Gründungsmitglied der Selbsthilfegruppe. Sie hatte sich ihnen angeschlossen, nachdem sie in Alvirahs Kolumne im *New York Globe* davon gelesen hatte, denn, wie sie zu sagen pflegte: »Ich bin das Musterbeispiel einer Lotteriegewinnerin, die alles verloren hat. Und ich würde gern einige Anfänger warnen, damit sie nicht einem von diesen aalglatten Typen in die Finger geraten.«

Heute waren zwei neue Mitglieder dabei gewesen, und Opal hatte ihre Geschichte erzählt, wie sie in eine Spedition investiert hatte, deren Eigner nichts anderes transportiert hatte als das Geld aus ihrer Tasche in die seine.

»Ich hatte sechs Millionen Dollar in der Lotterie gewonnen«, erklärte sie. »Nach Abzug aller Steuern waren mir drei Millionen geblieben. Und dann kam dieser Kerl namens Patrick Noonan und überredete mich, in seine windige Firma zu investieren. Ich habe den heiligen Patrick immer sehr verehrt, und irgendwie dachte ich, jeder, der seinen Namen trägt, müsste ein ehrlicher Mensch sein. Konnte ich denn ahnen, dass der Schurke überall nur Packy genannt wird? Na, jedenfalls kommt der Kerl nächste Woche aus dem Gefängnis«, seufzte sie, »und ich wünschte nur, ich könnte mich unsichtbar machen und mich an seine Fersen heften, denn ich weiß genau, dass er irgendwo das ganze Geld versteckt hat.«

Opals blaue Augen füllten sich regelmäßig mit Zornestränen bei dem Gedanken, dass es Packy Noonan womöglich gelingen könnte, wieder an die Beute zu kommen – an das Geld, das er ihr abgenommen hatte.

»Haben Sie damals Ihr *ganzes* Geld verloren?«, hatte Herman voll Mitgefühl gefragt, und der freundliche Ton in seiner Stimme hatte Alvirah, die im Grunde ihres Herzens eine geborene und leidenschaftliche Heiratsvermittlerin war, in einen fröhlichen Alarmzustand versetzt.

»Achthunderttausend Dollar haben sie noch bei ihm gefunden, aber die Anwaltskanzlei, die vom Gericht mit der Wiederbeschaffung des Geldes beauftragt war, verlangte eine Million für ihre Tätigkeit, also blieb für uns Opfer nichts mehr übrig.«

Wie so häufig sprach Willy aus, was Alvirah dachte. »Opals Geschichte hat großen Eindruck auf das junge Paar gemacht, das sechshunderttausend mit einem einzigen Rubbel-Los gewonnen hat«, sagte er jetzt. »Aber was hilft es ihr? Ich meine, da ist sie nun siebenundsechzig Jahre alt und arbeitet immer noch als Bedienung in diesem elenden Diner. Dabei kann sie die schweren Tabletts kaum noch tragen.«

»Demnächst hat sie Urlaub«, ergänzte Alvirah. »Aber ich wette, sie kann es sich nicht leisten, zu verreisen. Ach, Willy, wir haben so viel Glück gehabt!« Sie schenkte ihrem Mann ein kleines Lächeln, und zum zehnten Mal an diesem Tag schoss ihr der Gedanke durch den Kopf, wie gut er doch aussah. Mit seinem weißen Haarschopf, der gesunden Gesichtsfarbe, den lebhaften blauen Augen und der kräftigen Statur erinnerte er viele Menschen an den verstorbenen Tip O'Neill, den legendären Sprecher des Repräsentantenhauses.

Die Ampel wurde grün, sie überquerten die Fifth Avenue und spazierten am Rand des Central Parks entlang zu ihrer Wohnung, die gleich hinter der Seventh Avenue lag.

Alvirah deutete auf ein junges Paar, das gerade in eine Pferdekutsche stieg, um eine Fahrt durch den Park zu unternehmen.

»Ob er ihr wohl einen Heiratsantrag macht?«, bemerkte sie. »Genau bei so einer Fahrt hast du mich doch damals auch gefragt, ob ich dich heiraten will, erinnerst du dich noch?«

»Natürlich erinnere ich mich«, gab Willy zurück. »Und die ganze Zeit habe ich gebangt, ob ich wohl noch genug Geld hätte, um die Fahrt zu bezahlen. Im Restaurant hatte ich nämlich dem Oberkellner fünf Dollar Trinkgeld geben wollen und hatte blöderweise einen Fünfziger erwischt. Das habe ich aber erst gemerkt, als ich den Ring aus der Tasche zog, den ich dir an den Finger stecken wollte. – Na, jedenfalls bin ich froh, dass wir mit den Reillys nach Vermont fahren. Vielleicht können wir dort mal eine Fahrt mit dem Pferdeschlitten machen.«

»Ski laufen will ich jedenfalls nicht«, sagte Alvirah. »Deshalb habe ich erst so gezögert, als Regan den Vorschlag machte. Sie und Jack und auch Nora und Luke sind allesamt gute Skifahrer, aber wir können ja langlaufen, außerdem habe ich ein paar Bücher dabei, und Wanderwege gibt es auch. Auf die eine oder andere Weise werden wir uns schon beschäftigen.«

Eine Viertelstunde später, in ihrem schönen Wohnzimmer mit der wunderbaren Aussicht über den Central Park, öffnete sie das Päckchen, das ihr der Portier mitgegeben hatte.

»Also, Willy, es ist doch nicht zu glauben«, sagte sie. »Wir haben noch nicht einmal Thanksgiving, und *Molloy, McDermott, McFadden und Markey* schicken uns schon ein Weihnachtsgeschenk.« Die 4M, wie die Investment-Firma an der Wall Street auch genannt wurde, war von Alvirah und Willy damit beauftragt, das angesparte Geld in Staatsanleihen oder ertragssicheren Aktien anzulegen.

»Was schicken sie uns denn?«, rief Willy aus der Küche, wo er ihren Lieblings-Nachmittags-Cocktail zubereitete: einen Manhattan.

»Ich hab's noch nicht aufgemacht«, rief Alvirah zurück. »Dieses ganze Plastikzeug, das sie als Verpackung drum herum tun! Aber es sieht aus wie eine Flasche oder ein Krug. Auf der Karte steht: Fröhliche Weihnachten. Du lieber Himmel, warum haben sie es denn so eilig? Es ist doch noch nicht mal Thanksgiving.«

»Was auch immer drin ist, mach dir nicht die Fingernägel kaputt«, sagte Willy von der Küche aus. »Ich helf dir gleich.«

Mach dir nicht die Fingernägel kaputt. Alvirah lächelte in sich hinein und dachte an die vielen Jahre, in denen es reine Zeitverschwendung gewesen wäre, auch nur einen Tropfen Nagellack auf ihren Fingernägeln zu verteilen, weil die Bleichmittel und die scharfen Seifen, die sie beim Putzen verwendete, jedem Versuch der Handpflege kurzen Prozess gemacht hätten.

Willy kam mit dem Tablett ins Zimmer: zwei Cocktailgläser und ein Teller mit Käse und Crackern. Herman hatte die Bewirtung bei dem Treffen mit Twinkies und Pulverkaffee bestritten, und sie hatten beides dankend abgelehnt.

Willy stellte das Tablett ab und griff nach dem gut verschweißten Päckchen. Mit einem kräftigen Ruck zog er die Klebefolie weg und wickelte das Präsent aus seiner Verpackung. Sein erwartungsvoller Gesichtsausdruck wandelte sich zu Überraschung und schließlich zu ungläubigem Staunen.

»Sag mal, wie viel Geld haben wir über 4M investiert?«, fragte er.

Alvirah nannte ihm die Summe.

»Eben, und jetzt sieh dir das mal an. Sie haben uns einen Krug mit Ahornsirup geschickt. Was sind das denn für Weihnachtsgeschenke?«

»Die spinnen doch!«, rief Alvirah aus und nahm ihm den Krug kopfschüttelnd aus der Hand. Dann las sie das Etikett.

»Willy, sieh doch!«, rief sie. »Sie haben uns nicht einfach einen Krug mit Ahornsirup geschenkt, sondern einen ganzen Baum! Hier steht's: ›Dieser Sirup stammt von dem Baum, der ausschließlich für Willy und Alvirah Meehan reserviert ist. Bitte kommen Sie, und zapfen Sie Ihren Baum wieder an, wenn der Krug leer ist.‹ Wo der Baum wohl stehen mag?«

Willy wühlte sich durch das Verpackungsmaterial. »Hier ist eine Beschreibung. Nein, es ist sogar eine Landkarte.« Er betrachtete sie und fing an zu lachen. »Siehst du, mein Schatz, jetzt haben wir in Stowe noch mehr Beschäftigung. Wir können nämlich unseren Baum suchen. Nach der Karte müsste er gleich beim ›Hotel Trapp-Familie‹ stehen.«

Das Telefon klingelte, und am anderen Ende der Leitung war Regan Reilly, die aus Los Angeles anrief.

»Na, seid ihr reisefertig?«, fragte sie. »Es wird sich doch niemand drücken wollen?«

»Nie im Leben, Regan«, beruhigte Alvirah sie. »Ich habe mächtig viel zu tun in Stowe. Schließlich muss ich einen Baum finden.«

3

Regan, du musst doch vollkommen erschöpft sein«, bemerkte Nora Regan Reilly mit besorgtem Ton in der Stimme, während sie mit zärtlichem Blick über den Frühstückstisch hinweg ihre einzige Tochter betrachtete. Für jeden anderen war die hübsche Regan mit ihrem rabenschwarzen Haar einfach eine großartige Privatdetektivin, aber für Nora blieb ihre einunddreißigjährige Tochter auf immer und ewig das kleine Mädchen, das sie notfalls mit ihrem Leben verteidigt hätte.

»Sie sieht doch ganz gut aus«, sagte Luke Reilly und setzte seine Kaffeetasse mit einer entschiedenen Geste ab, die signalisierte, dass er sich gleich auf den Weg machen wollte. Sein schlaksiger Körper mit seinen Einsfünfundachtzig steckte in einem nachtblauen Anzug mit weißem Hemd und schwarzer Krawatte – einer von einem halben Dutzend ähnlichen Anzügen in seinem Schrank. Luke war der Besitzer von drei Bestattungsinstituten im nördlichen New Jersey, deshalb brauchte er diese zurückhaltende Art Kleidung. Seine schöne weiße Haartracht passte gut zu seinem schmalen Gesicht, das stets einen angemessen ernsthaften Ausdruck trug, aber jederzeit bereit war, in ein strahlendes Lächeln auszubrechen, sobald er seine Geschäftsräume verließ. Nun galt das Lächeln seiner Frau und seiner Tochter.

Sie saßen am Frühstückstisch im Haus der Reillys in Summit, New Jersey, dem Haus, in dem Regan aufgewachsen war und in dem ihre Eltern immer noch lebten. Es war auch das Haus, in dem Nora Regan Reilly ihre Kriminalromane schrieb, die sie berühmt gemacht hatten. Jetzt stand sie auf, um ihrem Mann einen Abschiedskuss zu geben. Seit er vor einem Jahr entführt worden war, ging er nicht mehr aus dem Haus, ohne dass sie sich Sorgen machte, es könnte ihm etwas passieren.

Wie ihre Tochter Regan, so hatte auch Nora geradezu klassische Gesichtszüge, blaue Augen und eine helle Haut. Im Unterschied zu ihrer Tochter hatte sie aber blondes Haar. Sie war einsachtundfünfzig groß und damit zehn Zentimeter kleiner als ihre Tochter. Ihr Mann überragte sie wie ein Leuchtturm.

»Lass dich nicht entführen«, sagte sie nur halb im Scherz. »Wir wollen unbedingt vor zwei Uhr heute Nachmittag nach Vermont aufbrechen.«

»Einmal im Leben entführt zu werden ist gerade Durchschnitt«, fiel Regan ein. »Ich habe letzte Woche in der Statistik nachgesehen.«

»Und vergiss nicht«, erinnerte Luke seine Frau wohl zum hundertsten Mal, »ohne meine Schmerzen und Leiden in dieser zugegebenermaßen etwas unangenehmen Angelegenheit hätte Regan Jack nie kennen gelernt, und du würdest jetzt keine Hochzeit planen.«

Jack Reilly, Leiter der Abteilung für Kapitalverbrechen bei der New Yorker Polizei und inzwischen Regans Verlobter, hatte den Fall übernommen, als Luke und seine junge Fahrerin seinerzeit plötzlich verschwunden waren. Er hatte nicht nur die Entführer aufgespürt und das Lösegeld wieder gefunden, sondern ganz nebenbei auch noch Regans Herz erobert.

»Unglaublich, dass ich Jack jetzt schon zwei Wochen nicht gesehen habe«, seufzte Regan und bestrich ein Brötchen mit Butter. »Er wollte mich heute früh in Newark am Flughafen abholen, aber ich habe ihm gesagt, ich nehme ein Taxi. Er musste noch ins Büro und ein paar Kleinigkeiten erledigen, aber er wird bis zwei Uhr hier sein.« Regan gähnte herzhaft. »Diese Nachtflüge bereiten mir immer einen kleinen Kater.«

»Wenn ich jetzt noch mal richtig hinsehe, habe ich den

Eindruck, deine Mutter hat doch Recht«, sagte Luke. »Du siehst aus, als könnten dir ein paar Stunden Schlaf ganz gut tun.« Er küsste seine Frau, fuhr seiner Tochter mit der Hand durchs Haar und verschwand.

Regan lachte. »Ich bin sicher, er denkt, ich wäre immer noch sechs Jahre alt.«
»Das liegt nur daran, dass du jetzt bald heiratest. Allmählich fängt er an, davon zu reden, wie sehr er sich auf Enkelkinder freut.«
»Ach du lieber Himmel! Derartige Gedanken machen mich ja noch müder! Ich glaube, ich gehe nach oben und lege mich noch ein bisschen hin.«
Allein am Tisch, füllte Nora ihre Tasse noch einmal und schlug die *New York Times* auf. Das Auto war schon fertig gepackt. Sie hatte sich für diesen Morgen vorgenommen, noch ein wenig am Schreibtisch zu sitzen und erste Notizen für das neue Buch zu machen, das sie schreiben wollte. Sie war sich noch nicht ganz sicher, ob ihre Hauptperson Celia Innenarchitektin oder Rechtsanwältin sein sollte. Zugegebenermaßen würde es sich dabei um vollkommen unterschiedliche Menschen handeln, aber wenn Celia Innenarchitektin war, konnte sie ihren ersten Mann kennen gelernt haben, als sie seine Wohnung in Manhattan einrichtete. Andererseits, wenn sie Rechtsanwältin war, bekam die Geschichte vielleicht mehr Fahrt.
Lies die Zeitung, befahl sie sich selbst. Die erste Lektion für alle, die schreiben wollen: Stell dein Unterbewusstsein auf Sparflamme, bevor du dich hinsetzt und in den Computer starrst. Sie blickte aus dem Fenster. Vom Frühstückszimmer aus hatte man eine schöne Aussicht über den schneebedeckten Rasen und den Garten bis hinüber zum Pool und zum Tennisplatz. Es ist so schön hier, dachte sie. Ich werde immer ganz wütend, wenn irgendwelche Leute dumm über New

Jersey reden. Aber wie sagte mein Dad schon: »Wenn sie's so viel besser wissen, sollen sie's auch besser machen.«

In ihrem Patchwork-Morgenrock aus Satin fühlte sich Nora warm und zufrieden. Statt in Los Angeles irgendwelche Schurken zu jagen, war Regan hier und würde mit ihnen ein paar Tage Ferien machen. Die Verlobung hatte vor ein paar Wochen in einem Heißluftballon stattgefunden, du lieber Himmel. Über Las Vegas. Nora dachte nicht allzu sehr darüber nach, wo oder wie die Hochzeit gefeiert würde, sie war nur einfach glücklich und aufgeregt, endlich ihre Pflichten als Brautmutter zu erfüllen und das Fest für ihre Tochter vorbereiten zu dürfen. Und Regan hätte keinen besseren Mann finden können als diesen wunderbaren Jack Reilly.

In ein paar Stunden würden sie in das bezaubernde »Hotel Trapp-Familie« fahren und dort ihre lieben Freunde Alvirah und Willy Meehan treffen. Herz, was willst du mehr?, dachte Nora, als sie durch die Hauptstadt-Seiten ihrer Zeitung blätterte.

Ihr Blick blieb an einem Bild hängen, das eine schöne Frau zeigte, die einen langen Rock, eine Bluse und eine Weste trug und mitten in einem Wald stand. Darunter stand: »Das Rockefeller Center sucht den Baum aus.«

Die Frau auf dem Bild kam ihr bekannt vor, dachte Nora, als sie den Artikel las.

> Eine 24 Meter hohe Fichte in Stowe, Vermont, wird dieses Jahr den Platz des weltweit berühmtesten Weihnachtsbaums einnehmen. Sie wurde wegen ihrer majestätischen Schönheit ausgewählt, aber jetzt stellte sich zudem heraus, dass sie vor fast fünfzig Jahren in einem Wald angepflanzt wurde, der an den Besitz der legendären Familie von Trapp angrenzt. Maria von Trapp war damals zufällig dabei, als der Schössling gepflanzt wurde,

> und es gibt ein Foto, das sie bei dieser Gelegenheit gleich neben dem Bäumchen zeigt. Da das vierzigste Jubiläum des weltweit erfolgreichsten Musical-Films *The Sound of Music* unmittelbar bevorsteht und da dieser Film den Wert der Familie und die Bedeutung von Zivilcourage betont, wird der Baum bei seiner Ankunft in New York ganz besonders gefeiert werden.
>
> Er soll am Montag früh gefällt werden und wird dann auf einem Tieflader zu einem Schiff in der Nähe von New Haven gefahren, von wo aus er über den Long Island Sound hinüber nach Manhattan transportiert wird. Bei seiner Ankunft am Rockefeller Center wird er von einem Chor begrüßt, der aus Hunderten von Schulkindern aus der ganzen Stadt besteht. Sie werden ein Medley mit Liedern aus dem Film *The Sound of Music* singen.

»Ja, du lieber Himmel«, sagte Nora laut. »Die werden den Baum dort fällen, während wir da sind. Das wird schön, wenn wir dabei zuschauen können.« Und sie summte schon das erste Lied aus dem Film vor sich hin.

4

An diesem Morgen erwachte Packy Noonan mit einem glücklichen Lächeln auf dem Gesicht.

»Dein großer Tag, hm, Packy?«, fragte C.R., der Kleinbetrüger in der Nebenzelle, säuerlich.

Packy konnte verstehen, warum der Mann so schlechter Laune war. C.R. hatte eine Strafe von vierzehn Jahren abzusitzen und erst eines hinter sich; er hatte sich an das Leben hinter Gittern noch nicht so richtig gewöhnt.

»Ja, mein großer Tag«, bestätigte Packy liebenswürdig, während er seine wenigen Habseligkeiten einpackte: Kamm, Zahnbürste, Rasierzeug, Unterwäsche, Socken und ein Foto seiner längst verstorbenen Mutter. Er sprach immer liebevoll von ihr und hatte oft Tränen in den Augen, wenn er sie seinen Mithäftlingen gegenüber erwähnte – und das tat er, wann immer er in der Gefängniskapelle seinen ehrenamtlichen Dienst als Häftlingsseelsorger versah.

Er erklärte ihnen, dass sie immer das Gute in ihm gesehen hatte, selbst als er auf die schiefe Bahn geraten war, und dass sie ihm noch auf dem Sterbebett gesagt hatte, sie sei sicher, er werde irgendwann als aufrechter Bürger leben.

Tatsächlich hatte er seine Mutter die letzten zwanzig Jahre vor ihrem Tod nicht mehr gesehen. Er würde seinen Mithäftlingen auch nicht erzählen, dass sie ihren mageren Besitz den *Sisters of Charity* vermacht hatte und dass ihr Testament folgenden Passus enthalten hatte: »Meinem Sohn Patrick, den man leider nur unter dem Namen Packy kennt, vermache ich einen Dollar und seinen Kinderstuhl, denn die einzige Gelegenheit, bei der er mir Freude bereitet hat, war damals, als er noch klein genug war, um darin zu sitzen.«

Ma war eine sprachgewaltige Frau, dachte Packy zärtlich. Ich vermute, ich habe meine Überzeugungsgabe von ihr geerbt.
Die Beisitzerin bei dem Haftprüfungstermin war fast in Tränen ausgebrochen, als er erwähnt hatte, dass er jeden Abend vor dem Einschlafen mit seiner Mutter sprach. Nicht dass es ihm irgendetwas gebracht hätte, er hatte seine Mindeststrafe bis zum letzten Tag abgesessen und noch zwei Jahre mehr. Die tränenreiche Lady war damals von den übrigen Mitgliedern der Haftprüfungskammer überstimmt worden, sechs zu eins.
Jacke und Hose, mit denen er seinerzeit im Gefängnis angetreten war, waren inzwischen natürlich unmodern, aber es war trotzdem ein schönes Gefühl, sie wieder anzuziehen. Und mithilfe seiner erschwindelten Reichtümer hatte er sie damals immerhin bei Armani kaufen können. Er fand selbst, dass er darin immer noch ziemlich gut aussah, auch wenn sie keine dreißig Sekunden mehr in seinem Schrank hängen würden, sobald er erst einmal in Brasilien wäre.
Sein Anwalt, Thoris Twinning, würde ihn um zehn Uhr abholen und in das Übergangswohnheim bringen, das auf der Upper West Side in Manhattan lag und unter dem Namen »The Castle« bekannt war.
Packy freute sich immer wieder über die Tatsache, dass das »Castle« in seiner langen Geschichte zweimal ein katholisches Mädchenpensionat beherbergt hatte. Wenn meine Mutter das wüsste, dachte er. Sie würde bestimmt denken, dass meine Anwesenheit diesen Ort entweiht.
Er sollte zwei Wochen im Übergangswohnheim bleiben, um sich langsam wieder an die Welt zu gewöhnen, in der Menschen für ihren Lebensunterhalt tatsächlich arbeiteten. Es würde, so weit er wusste, eine Gruppenunterweisung über das Verlassen und Wiederbetreten

des Hauses geben, in der auch über die Bedeutung der täglichen Meldung beim zuständigen Aufseher gesprochen würde. »The Castle« war damit beauftragt, ihm eine neue Wohnung zu verschaffen, und er konnte sich jetzt schon vorstellen, dass es eine schäbige Behausung in einer heruntergekommenen Pension auf Staten Island oder in der Bronx sein würde. Die Berater im »Castle« würden ihm auch schnellstmöglich eine Arbeit besorgen.

Packy konnte es kaum erwarten. Er wusste, dass die Ermittler ihm dicht auf den Fersen sein würden, weil sie den Auftrag hatten, ihm bis zu seiner Beute zu folgen. Er freute sich unbändig darauf, sie abzuschütteln. Anders als damals vor dreizehn Jahren, als eine ganze Horde von Verfolgern ihn durch ganz Manhattan gejagt hatte. Er hatte sich gerade nach Vermont absetzen wollen, um seine Beute zu holen und dann das Land zu verlassen, als sie ihn verhaftet hatten. Das würde ihm nicht noch einmal passieren.

Er hatte schon gehört, dass er am Sonntag das »Castle« verlassen durfte, sich aber zum Abendessen zurückmelden musste. Und er hatte sich schon genauestens ausgedacht, wie er den Aufpasser abschütteln würde, der ihm folgen sollte.

Um halb elf am Sonntagvormittag würden Benny und Jo-Jo ihn an der Ecke Madison Fünfundfünfzigste in einem Van mit Ski-Träger erwarten. Dann würden sie nach Vermont fahren. Benny und Jo-Jo hatten, seinen Anweisungen folgend, schon vor sechs Monaten eine Farm in der Nähe von Stowe gemietet. Der einzige Vorteil dieser Farm war die Tatsache, dass zu ihr eine große, wenn auch baufällige Scheune gehörte, in der der Tieflader Platz fand.

In dem gemieteten Haus hatten die Zwillinge einen Bekannten abgesetzt, einen Typen, der bisher noch in keiner Verbrecherkartei auftauchte und der so unglaublich naiv war, dass er sich damit zufrieden gab, sich für das Housesitting bezahlen zu lassen.

Das Ganze war eine Absicherung für den Fall, dass es irgendwelche Pannen gab und die Bullen nach einem Tieflader mit einem Baum darauf suchen würden. Sie würden nicht gerade in Häusern suchen, in denen jemand wohnte. Es gab hier genug alte Bauernhäuser, die auswärtigen Skifahrern gehörten, da konnten sie lange suchen. Die Skifahrer kamen in der Regel erst nach Thanksgiving hier an.

Vor dreizehneinhalb Jahren habe ich die Thermosflasche mit den Diamanten an dem Ast festgebunden, dachte Packy. Ein solcher Baum wächst etwa eineinhalb Fuß pro Jahr. Der Ast, den ich markiert habe, befand sich damals zwanzig Fuß über dem Erdboden. Ich habe ganz oben auf einer zwanzig Fuß hohen Leiter gestanden. Der Ast sollte sich jetzt also etwa vierzig Fuß hoch befinden. Zu dumm, dass keine normale Leiter so hoch hinaufreicht.

Genau aus diesem Grund werden wir den ganzen Baum mitnehmen müssen, und wenn irgendein aufdringlicher Zeitgenosse meint, Fragen stellen zu müssen, dann können wir sagen, er sei als Weihnachtsbaum für den Adventsmarkt in Hackensack, New Jersey, gedacht. Jo-Jo hat eine gefälschte Genehmigung bei sich, den Baum zu fällen, und einen unterwürfigen Brief des Bürgermeisters von Hackensack, in dem er sich bei Pickens für den Baum bedankt. Das sollte genügen. Schließlich wird niemand auf die Idee kommen, wegen eines Baums beim Büro des Bürgermeisters nachzufragen. Da draußen gibt es ja tausende von Bäumen.

Packys lebhaftes Gehirn hüpfte von einem Punkt zum anderen, um eine eventuelle Schwachstelle in seinen Überlegungen zu finden, konnte aber keine entdecken. Zufrieden betrachtete er den weiteren Verlauf seines

Plans: Sie würden den Tieflader in die Scheune bringen, den Ast suchen, an dem die Beute befestigt war, und dann: Auf nach Brasilien, cha cha cha.
All diese Gedanken rasten durch Packys Kopf, während er sein letztes Frühstück im Bundesgefängnis verzehrte, und als er damit fertig war, wünschte er seinen Mithäftlingen freundlich Lebewohl.
»Viel Glück, Packy«, sagte Leichtfinger-Tom feierlich.
»Hör nicht auf zu predigen«, drängte ein graubärtiger Langzeit-Insasse. »Du musst das Versprechen halten, das du deiner Mutter gegeben hast, und ein Vorbild für die Jugend sein.«
Ed, der Rechtsanwalt, der einen Treuhänder-Fonds seiner Mandanten leer geräumt hatte, grinste und winkte lässig mit der Hand. »In drei Monaten bist du wieder hier«, prophezeite er.
Packy ließ sich nicht anmerken, wie sehr ihm das unter die Haut ging.
»Ich schick dir eine Postkarte, Ed«, sagte er. »Aus Brasilien«, murmelte er unhörbar, als er dem Wärter in das Büro folgte, wo Thoris Twinning, sein Pflichtverteidiger, auf ihn wartete.
Thoris strahlte übers ganze Gesicht.
»Was für ein glücklicher Tag!«, sprudelte er heraus. »Ein glücklicher, glücklicher Tag. Und ich habe wunderbare Neuigkeiten. Ich habe mit ihrem Bewährungshelfer gesprochen, und er hat einen Job für Sie. Ab Montag in einer Woche werden Sie an der Salatbar im Palace-Plus-Diner arbeiten, Broadway Ecke Siebenundneunzigste.«
Montag in einer Woche wird eine ganze Horde von Lakaien mir Weintrauben in den offenen Mund fallen lassen, dachte Packy, während er das hypnotisierende Lächeln einschaltete, das Opal Fogarty sowie weitere etwa zweihundert Investoren verzaubert hatte, die ihr Geld in die *Patrick Noonan Shipping and Handling*

Company gesteckt hatten. »Die Gebete meiner armen Mutter sind erhört worden«, sagte er freudig. Er hob die Augen zum Himmel, und mit einem seligen Ausdruck auf seinem scharf gezeichneten Gesicht seufzte er: »Ein ehrlicher Job mit einem ehrlichen Lohn. Das hat sich Mama immer für mich gewünscht.«

5

»Ja, du lieber Himmel, was für ein wunderschönes Auto«, kommentierte Opal Fogarty vom Rücksitz des Mercedes aus, der Alvirah und Willy gehörte. »Als ich jung war, hatten wir einen Pickup. Mein Vater sagte immer, darin fühle er sich wie ein Cowboy. Meine Mutter war der Ansicht, dass man darin saß wie auf einem bockenden Bullen, und insofern konnte sie seine Gefühle schon verstehen. Er hatte den Wagen gekauft, ohne sie vorher zu fragen – Junge, war sie wütend auf ihn! Aber eins muss man sagen: Die Kiste hat vierzehn Jahre gehalten, bis sie dann doch irgendwann stehen blieb: auf der Triborough Bridge mitten im Berufsverkehr. Selbst mein Vater musste damals zugeben, dass es an der Zeit war, den Wagen abzuschaffen, und diesmal ging meine Mutter mit, um ein Auto zu kaufen.« Sie lachte. »Diesmal durfte sie das Auto aussuchen. Es war ein Dodge. Mein Vater brachte sie schwer in Rage, als er den Verkäufer fragte, ob er ein Taxameter als Zusatzausstattung haben könnte.«

Alvirah drehte sich fragend zu Opal um. »Warum wollte er das denn wissen?«

»Schätzchen, weil zu dieser Zeit fast alle Taxis von Dodge waren«, erklärte Willy. »Witzige Frage, Opal.«

»Ja, mein Dad war ein ziemlich witziger Kerl«, stimmte Opal zu. »Er hatte nie besonders viel Geld in der Tasche, aber er tat, was er konnte. Als ich ungefähr acht Jahre alt war, hat er einmal zweitausend Dollar geerbt, und irgendjemand hat ihn dazu überredet, das Geld in Fallschirmseide zu investieren. Sie haben ihm weisgemacht, jetzt, da die kommerzielle Fliegerei so zugenommen hätte, müssten demnächst alle Flugpassagiere Fallschirme tragen. Ich vermute, die Leichtgläubigkeit liegt bei uns in der Familie.«

Alvirah war froh, dass Opal darüber lachen konnte. Es war zwei Uhr nachmittags, und sie fuhren auf der Route 91 Richtung Vermont. Um zehn Uhr vormittags hatten Willy und sie ihre Sachen für die Reise zusammengepackt und nebenher ein Auge auf den Fernseher geworfen, als dort eine Nachrichtensendung ihre Aufmerksamkeit fesselte. Es wurde nämlich Packy Noonan gezeigt, der im Wagen seines Anwalts das Bundesgefängnis verließ. Am Tor stieg er aus dem Auto und sprach mit den Reportern. »Ich bereue zutiefst all den Kummer, den ich den Investoren meiner Firma bereitet habe«, sagte er, und während er mit zittrigen Lippen weitersprach, traten ihm Tränen in die Augen. »Ich werde jetzt an der Salattheke des Palace-Plus-Diners arbeiten, und ich werde veranlassen, dass zehn Prozent meines Lohns dafür verwendet werden, den Menschen ihre verlorenen Ersparnisse zurückzuzahlen, die sie in die *Patrick Noonan Shipping und Handling Company* investiert hatten.«

»Zehn Prozent des Mindestlohns«, hatte Willy geschnaubt. »Der spinnt ja wohl!«

Alvirah war zum Telefon geeilt und hatte Opal angerufen. »Schalte mal ganz schnell Kanal 24 ein«, hatte sie ihr aufgetragen, und im gleichen Moment tat es ihr schon Leid, dass sie angerufen hatte, denn bei Packys Anblick fing Opal an zu weinen.

»Ach, Alvirah, es macht mich ganz krank, daran zu denken, dass dieser schreckliche Betrüger frei wie ein Vogel durch die Gegend fährt, während ich hier sitze und mich halb tot freue, dass ich eine Woche Urlaub bekommen habe, weil ich so müde bin. Denk an meine Worte, der Kerl wird so schnell wie möglich zu seinen Kumpanen an die Riviera verschwinden – oder wo immer sie sind, mit meinem Geld in der Tasche.«

Da hatte Alvirah darauf bestanden, dass Opal mit ihnen das lange Wochenende in Vermont verbringen sollte.

»Wir haben zwei große Schlafzimmer, jedes mit Bad, in unserer Hütte«, sagte sie, »und es wird dir gut tun, mal ein bisschen rauszukommen. Du kannst uns helfen, mit der Landkarte in der Hand nach meinem Baum zu suchen. Es wird jetzt wohl nicht die Saison sein, um Sirup zu zapfen, aber ich habe den Topf eingepackt, den die Investmentfirma mir geschickt hat. Wir haben eine kleine Küche, da kann ich vielleicht Pfannkuchen für uns alle backen, und dann können wir probieren, ob der Sirup wirklich so gut schmeckt. Und außerdem habe ich in der Zeitung gelesen, dass an diesem Wochenende der Baum fürs Rockefeller Center gefällt werden soll, gleich in der Nähe unseres Hotels. Es würde dir doch Spaß machen, dabei zu sein, oder etwa nicht?«

Es gehörte nicht viel dazu, Opal zu überreden. Und sie war auch schon wieder ganz vergnügt. Auf der ganzen Fahrt nach Vermont machte sie nur noch eine einzige Bemerkung über Packy Noonan: »Ich kann mir schon so richtig vorstellen, wie er an einer Salattheke in einem Diner arbeitet. Wahrscheinlich lässt er heimlich die Croutons mitgehen.«

6

Manchmal wünschte sich Milo Brosky, er wäre den Como-Zwillingen nie begegnet. Er war ihnen zufällig vor zwanzig Jahren in Greenwich Village über den Weg gelaufen, als er an einem Treffen von Dichtern im Hinterzimmer von *Eddie's Aurora* teilgenommen hatte. Benny und Jo-Jo hatten an der Bar herumgelungert.

Damals ging es mir richtig gut, dachte Milo und nahm einen Schluck von seinem Bier, während er sich in dem schäbigen Wohnzimmer der heruntergekommenen Farm in Stowe, Vermont, umsah. Ich hatte gerade mein episches Gedicht über den Pfirsich vorgelesen, der sich in eine Fruchtfliege verliebt, und alle fanden es wundervoll. Sie spürten die tiefe Bedeutung meines Gedichts und die Zärtlichkeit, die niemals in die Niederungen der Sentimentalität abglitt. Es ging mir so gut an diesem Tag, dass ich mich entschloss, vor dem Heimweg noch ein Bier zu trinken. Tja, und da traf ich die Zwillinge.

Milo nahm noch einen Schluck. Ich hätte mich nie mit ihnen einlassen dürfen, dachte er düster. Natürlich waren sie gut zu mir. Sie wussten, dass mein großer Durchbruch als Dichter noch bevorstand und dass ich jeden Job annehmen würde, der mir ein Dach über dem Kopf sicherte. Aber dieses Dach hier macht den Eindruck, als würde es gleich auf mich herabstürzen. Die haben doch irgendwas vor.

Milo verzog das Gesicht. Mit seinen zweiundvierzig Jahren, den schulterlangen Haaren und dem schütteren Bärtchen hätte er in jedem Film über Woodstock 1969 mitspielen können. Seine mageren Arme baumelten lose an den Seiten seines langen Körpers. Seine langweilig grauen Augen trugen einen ewig wohlwollenden Ausdruck. Seine Stimme mit ihrem singenden Tonfall ließ in anderen Menschen Begriffe wie »freundlich« und »sanft« aufsteigen.

Milo wusste, dass die Gebrüder Como vor einem Dutzend Jahren ziemlich eilig hatten verschwinden müssen, weil sie in den Betrugsskandal mit Packy Noonan verwickelt gewesen waren. Jahrelang hatte er nichts von ihnen gehört. Dann auf einmal, vor sechs Monaten, hatte Jo-Jo plötzlich bei ihm angerufen. Er wollte nicht verraten, wo er war, fragte Milo aber, ob er daran interessiert sei, jede Menge Geld zu verdienen, und das vollkommen ohne Risiko. Milo sollte lediglich eine Farm in Stowe, Vermont, mieten. Sie musste eine große Scheune haben, mindestens neunzig Fuß lang. Und bis Anfang des Jahres musste Milo zumindest lange Wochenenden auf dieser Farm verbringen. Er würde sich die Umgebung genau ansehen und erklären, er sei Dichter und brauche, genau wie J.D. Salinger oder Alexander Solschenizyn, eine Rückzugsmöglichkeit in New England, um endlich in Ruhe und Einsamkeit schreiben zu können.

Milo hatte sofort gemerkt, dass Jo-Jo beide Namen ablas und dass er keine Ahnung hatte, wer Salinger oder Solschenizyn war, aber wie auch immer, das Angebot kam gerade zur rechten Zeit. Seine Teilzeitjobs machten ihm gerade gewisse Schwierigkeiten, der Mietvertrag seiner Mansardenwohnung lief aus, und die Vermieterin hatte sich rundheraus geweigert, ihn zu verlängern. Sie konnte einfach nicht verstehen, warum es für ihn lebenswichtig war, spät in der Nacht zu schreiben, obwohl er ihr mehr als einmal erklärt hatte, dass nur um diese Zeit seine Gedanken die Alltagswelt hinter sich ließen und dass laute Rap-Musik seiner Dichtung Flügel verlieh.

Schnell hatte er die Farm in Stowe gefunden und lebte jetzt die ganze Zeit dort. Auch wenn die regelmäßigen

Zahlungen auf sein Konto ihm sehr zupass kamen, waren sie nicht hoch genug, um auch noch eine Wohnung in New York zu finanzieren. Die Mieten waren dort inzwischen astronomisch hoch, und Milo bereute seine Kühnheit an dem Tag, an dem er seiner Vermieterin erklärt hatte, er brauche die dröhnend laute Musik, um ihr Schnarchen zu übertönen.

Kurz gesagt: Milo war nicht besonders glücklich. Er hatte das Landleben satt und sehnte sich nach dem Gewimmel und der Hektik in Greenwich Village. Er liebte Menschen um sich herum, und so hatte er die Einwohner von Stowe zu seinen Dichterlesungen eingeladen, aber nach ein paar Abenden waren sie weggeblieben. Jo-Jo hatte ihm versprochen, dass er Ende des Jahres eine Bonuszahlung von 50000 Dollar erhalten würde. Aber allmählich schöpfte Milo Verdacht, dass die Sache mit der Farm und seiner Anwesenheit dort etwas mit Packy Noonans Entlassung aus dem Gefängnis zu tun haben könnte.

»Ich will keine Schwierigkeiten«, hatte er Jo-Jo bei einem ihrer Telefongespräche gewarnt.

»Schwierigkeiten? Wovon redest du überhaupt?«, hatte Jo-Jo mit trauriger Stimme gefragt. »Würde ich einen Freund in Schwierigkeiten bringen? Was hast du getan? Du hast eine Farm gemietet. Ist das vielleicht ein Verbrechen?«

Ein dumpfes Klopfen an der Tür unterbrach Milos Tagträume. Er eilte zum Eingang, um zu öffnen, und blieb dann wie erstarrt auf der Schwelle stehen, als er seine beiden Besucher sah: zwei eher klein gewachsene, kräftig gebaute Männer in Skianzügen, die vor einem Tieflader standen, der seinerseits mit ein paar struppigen immergrünen Zweigen bedeckt war. Im ersten Moment erkannte er sie nicht, aber dann brüllte er: »Jo-Jo! Benny!«

Während er die beiden noch umarmte, wurde ihm bewusst, wie sehr sie sich verändert hatten. Jo-Jo war immer schon eher kräftig gebaut gewesen, aber inzwischen hatte er mindestens 20 Pfund zugenommen und sah aus wie ein übergewichtiger Kater mit sonnengebräunter Haut und einer Halbglatze. Benny war ziemlich genauso groß wie sein Bruder, etwa einsfünfundsechzig, aber er war immer dürr wie eine Zaunlatte gewesen. Auch er hatte zugenommen, und obwohl er nur halb so breit war wie Jo-Jo, hatte er inzwischen doch einige Ähnlichkeit mit ihm.

Jo-Jo verlor keine Zeit. »Du hast ein Vorhängeschloss vor der Scheunentür, Milo, sehr schlau. Kannst du es jetzt aufsperren?«

»Aber sicher, aber gleich!« Milo eilte in die Küche, wo der Schlüssel an einem Nagel hing. Jo-Jo hatte die Größe der Scheune so genau erklärt, dass Milo immer schon vermutet hatte, sie sei der Hauptgrund für die ganze Aktion. Er hoffte, es würde sie nicht stören, dass es jede Menge Pferdeboxen in der Scheune gab. Der Besitzer der Farm war bankrott gegangen, als er versucht hatte, ein Rennpferd großzuziehen. Stattdessen war es ihm nach Auskunft des Kleinstadtklatsches immer wieder gelungen, sich hoffnungslose Zossen andrehen zu lassen, die sich voll fraßen bis zum Platzen und sich beim ersten Rennen auf der Startlinie hinsetzten.

»Beeil dich, Milo«, rief Benny, obwohl Milo wirklich nicht mehr als eine halbe Minute gebraucht hatte, um den Schlüssel zu holen. »Wir können keinen der Dorftrottel hier gebrauchen, der womöglich zu einer deiner Dichterlesungen kommt und dann den Tieflader sieht.«

Warum denn nicht?, fragte sich Milo, rannte aber aus dem Haus und über das Feld zur Scheune, ohne sich den Mantel anzuziehen oder sich auch nur diese eine Frage zu beantworten. Dann riss er die Scheunentore auf.

Es war früh am Abend, aber schon sehr kalt, und er zitterte. Im schwachen Licht konnte er sehen, dass sich hinter dem Tieflader noch ein weiteres Fahrzeug befand, ein Van mit Skigepäckträger auf dem Dach. Ulkig, dachte er, ich habe die beiden nie für besonders sportlich gehalten.

Benny half ihm, das Tor ganz zu öffnen. Milo machte das Licht an und konnte die Verwirrung auf Jo-Jos Gesicht sehen.

»Was soll das mit den ganzen Pferdeboxen hier?«, fragte er.

»Sie haben hier Rennpferde gehalten.« Milo wusste selbst nicht, warum er plötzlich so nervös wurde. Ich habe alles genauso gemacht, wie sie wollten, also was soll die plötzliche Angst? »Die Scheune hat genau die richtige Größe«, verteidigte er sich, ohne dass seine Stimme auch nur ein bisschen von dem üblichen sanften Singsang abwich. »Und es gibt nicht viele, die so groß sind.«

»Ja, ja, ist schon gut, geh aus dem Weg.« Mit einer herrischen Geste seines Arms gab Jo-Jo Benny das Zeichen, den Tieflader in die Scheune zu fahren.

Benny manövrierte das Fahrzeug zentimetergenau durch das Tor, und dann ließ ein splitterndes Krachen keinen Zweifel an der Tatsache, dass er die erste Pferdebox niedergewalzt hatte.

Das nervenzerfetzende Geräusch wiederholte sich immer wieder, bis der Tieflader ganz in der Scheune untergebracht war. Der Platz war so knapp, dass Benny nur aussteigen konnte, indem er vom Fahrersitz auf den Beifahrersitz rutschte, die Tür gerade weit genug öffnete und sich dann zentimeterweise zwischen den Wänden und Türen der Pferdeboxen hindurchquetschte.

Als er Milo und Jo-Jo am Scheunentor erreichte, waren seine ersten Worte: »Jetzt brauche ich ein Bier. Vielleicht auch zwei oder drei. Hast du was zu essen im Haus, Milo?«

Vor lauter Langeweile in den Zeiten des Nichtstuns, wenn er nicht gerade an einem Gedicht schrieb, hatte Milo sich in den sechs Monaten auf der Farm das Kochen beigebracht. So dachte er jetzt mit Freude daran, dass er frische Spaghettisauce im Kühlschrank hatte. Er erinnerte sich, dass die Como-Zwillinge Pasta liebten.

Eine Viertelstunde später tranken sie am Küchentisch Bier, während Milo seine Sauce heiß machte und frisches Wasser für die Spaghetti zum Kochen brachte. Zu Milos Schrecken hörte er jedoch in ihren geflüsterten Gesprächen den Namen »Packy«. Nun war es klar: Die angemietete Farm hatte irgendetwas mit Packys Entlassung zu tun.

Aber *was?* Und was hatte *er* damit zu tun? Er wartete, bis er den beiden Männern die Teller mit den dampfenden Spaghetti vorsetzte, und sagte dann geradeheraus: »Wenn die ganze Sache hier irgendetwas mit Packy Noonan zu tun hat, bin ich sofort draußen.«

Jo-Jo lächelte. »Sei vernünftig, Milo. Du hast diese Farm für uns gemietet, und du wusstest, dass wir untergetaucht waren. Du bekommst seit sechs Monaten Geld auf dein Konto überwiesen. Und du musst nichts anderes tun als hier sitzen und deine Gedichte schreiben, und in ein paar Tagen bekommst du fünfzig Riesen bar auf die Kralle und kannst in aller Ruhe nach Hause gehen.«

»In ein paar Tagen?«, fragte Milo ungläubig, und in seinem Kopf machte sich die Vorstellung von dem Glück breit, das er mit 50000 Dollar einfach so kaufen konnte: Eine anständige Mietwohnung im Village. Ein paar Jahre lang kein Theater mit irgendwelchen Teilzeitjobs. Niemand konnte mit einem Dollar so lange auskommen wie er, das hatte er wahrhaftig gelernt.

Jo-Jo beobachtete ihn genau. Dann nickte er befriedigt. »Wie ich schon sagte, alles, was du tun musst, ist hier sitzen und Gedichte schreiben. Schreib doch mal ein schönes Gedicht über einen Baum.«

»Welche Sorte Baum?«

»Das wissen wir genauso wenig wie du, aber nicht mehr lange, dann finden wir's heraus.

7

Es ist einfach unfassbar, dachte Opal. Da sitze ich jetzt also hier beim Abendessen, nicht nur mit Alvirah und Willy, sondern auch noch mit Nora Regan Reilly, der berühmten Schriftstellerin, und ihrer Familie. Und heute früh, als ich diesen elenden Packy Noonan im Fernsehen gesehen habe, war mir eher danach zumute, das Gesicht zur Wand zu drehen und niemals mehr aus dem Bett aufzustehen. Da kann man mal sehen, wie schnell sich die Dinge ändern können.

Und alle waren so schrecklich nett zu ihr! Beim Abendessen hatten sie die Geschichte erzählt, wie Luke entführt worden war und mit seiner Fahrerin, einer allein erziehenden Mutter von zwei kleinen Jungen, auf einem leck geschlagenen Hausboot auf dem Hudson River gefangen gehalten worden war. Und wie sie sicher ertrunken wären, wenn Alvirah und Regan sie nicht gerettet hätten.

»Alvirah und ich sind ein gutes Team«, sagte Regan Reilly. »Ich wünschte, wir könnten mal so richtig die Köpfe zusammenstecken und Ihr Geld wiederfinden, Opal. Sie glauben doch, Packy Noonan hat es noch irgendwo versteckt, oder?«

»Natürlich hat er das«, sagte Jack Reilly mit Nachdruck. »Die Sache wurde vor einem Bundesgericht verhandelt, deshalb haben wir uns damit nicht beschäftigt, aber ich bin ganz sicher, der Kerl hat irgendwo noch Beute versteckt. Wenn wir das dazunehmen, was das Gericht auf Grund von Packys Ausgaben hochgerechnet hat, dann müssen noch zwischen siebzig und achtzig Millionen Dollar fehlen. Wahrscheinlich hat er das Geld auf einem Nummernkonto in der Schweiz oder auf einer Bank auf den Cayman Islands deponiert.«

Jack nahm einen Schluck von seinem Kaffee. Den linken Arm hatte er um die Rückenlehne von Regans Stuhl gelegt. Die Art und Weise, wie er sie ansah, ließ Opal wünschen, sie hätte irgendwann auch einmal einen solchen Mann getroffen. Er sieht so gut aus, dachte sie, und Regan ist eine so hübsche Frau! Jack hatte sandfarbenes Haar, das sich ein wenig lockte, seine Augen waren eher grün als braun, und seine ebenmäßigen Gesichtszüge wurden durch ein kräftiges Kinn betont. Als er mit Regan in den Speiseraum gekommen war, hatten die beiden sich an den Händen gehalten. Regan war relativ groß, aber Jack war bedeutend größer und hatte entsprechend breite Schultern.

Es war erst Mitte November, aber ein früher Wintereinbruch hatte dafür gesorgt, dass schon richtiger Pulverschnee auf den Pisten und im Tal lag. Morgen würden die Reillys zum Skifahren gehen. Ein witziger Zufall, dass Jack auch Reilly hieß, dachte Opal. Sie würde mit Alvirah und Willy einen Waldspaziergang unternehmen und nach Alvirahs Baum suchen. Am Nachmittag würden sie Unterricht im Langlaufen nehmen. Alvirah erzählte ihr, dass sie und Willy schon ein paarmal zum Langlaufen gegangen waren und dass es nicht besonders schwierig war, das Gleichgewicht zu halten – es machte einfach Spaß.

Opal war noch nicht so ganz sicher, wie viel Spaß es wirklich machen würde, aber sie war zu einem Versuch bereit. Seinerzeit in der Schule war sie eine ganz gute Sportlerin gewesen, und sie ging die zwei Kilometer zur Arbeit fast immer zu Fuß, um sich fit zu halten.

»Du hast diesen leeren Blick, der mir verrät, dass du über irgendetwas nachdenkst«, bemerkte Luke zu Nora.

Nora nahm einen Schluck von ihrem Cappuccino. »Ich denke daran, wie sehr ich die Geschichte von der Trapp-Familie mag. Ich habe Marias Buch schon lange vor dem Film gelesen. Es ist so interessant, jetzt hier zu sein und sich vorzustellen, dass ein Baum, den sie gesehen hat, als er gepflanzt wurde, dieses Jahr für das Rockefeller Center ausgesucht worden ist. Bei all der Unruhe in der Welt ist es doch tröstlich zu wissen, dass die Schulkinder von New York diesen Baum fröhlich begrüßen werden. Das ist schon etwas ganz Besonderes.«

»Nun, der Baum steht unten an der Straße und genießt sein letztes Wochenende in Vermont«, bemerkte Luke trocken. »Am Montag früh, bevor wir nach Hause fahren, können wir hingehen und dabei zusehen, wie er gefällt wird, und ihm einen Abschiedskuss zuwerfen.«

»Im Radio habe ich gehört, dass sie ihn am Mittwoch früh in Manhattan vom Schiff nehmen werden«, fiel Alvirah ein. »Ich fände es aufregend, dort zu sein, wenn er beim Rockefeller Center ankommt. Ich würde die Chöre der Schulkinder so gerne sehen und hören, wie sie singen.«

Aber während sie noch sprach, spürte Alvirah, wie sie ein seltsames Gefühl überkam, dass etwas schief laufen würde. Sie warf einen Blick durch das gemütliche Restaurant. Überall saßen die Menschen beim Abendessen, lächelnd und plaudernd. Und doch war sie plötzlich ganz sicher, dass sich über ihnen etwas zusammenbraute und dass Opal darin verwickelt sein würde. Wir hätten sie nicht mitnehmen sollen, dachte Alvirah besorgt. Aus irgendeinem Grund ist sie hier in Gefahr.

8

Packys erste Nacht in dem Übergangswohnheim mit dem Namen »The Castle« war in seinen Augen nicht viel mehr als ein erster Schritt weg vom Strafvollzug. Er wurde aufgenommen, bekam ein Bett zugewiesen, und wieder einmal bekam er eine Hausordnung erklärt. Bei dieser Gelegenheit sicherte er sich auch gleich die Erlaubnis, das Wohnheim am Sonntagmorgen zu verlassen, indem er mit frommer Miene erklärte, als guter Katholik versäume er niemals die Sonntagsmesse. Zur Sicherheit ließ er auch noch gut hörbar verlauten, es handele sich um den Todestag seiner Mutter.

Tatsächlich hatte Packy seit Jahren vergessen, wann seine Mutter gestorben war, aber das Tränchen, das ihm über die Wange kullerte, und das schüchterne Lächeln, das seine Geschichte begleitete – »Gott segne sie. Sie war die Einzige, die immer an mich geglaubt hat« –, ließen den Dienst habenden Bewährungshelfer sofort versichern, dass er am Sonntag selbstverständlich die Messe besuchen dürfe, und zwar aus Gründen der Pietät ohne Begleitung.

Die nächsten eineinhalb Tage vergingen wie in einem Nebel. Er saß brav die Vorträge ab, in denen man ihm mitteilte, dass er sofort wieder ins Gefängnis zurückgeschickt würde und seine Strafe zu Ende absitzen müsse, wenn er sich nicht strikt an die Bewährungsauflagen hielt. Er nahm an den gemeinsamen Mahlzeiten teil und träumte gleichzeitig von den Gelagen, die er bald in den feinsten Restaurants von Brasilien feiern würde, wenn er erst einmal sein neues Gesicht hätte. Freitag- und Samstagabend schloss er die Augen in dem Zimmer, das er mit zwei anderen kürzlich entlassenen Häftlingen teilte, und glitt in einen unruhigen

Schlaf voller Träume von Bettwäsche aus ägyptischer Baumwolle, seidenen Pyjamas und – endlich – den Diamanten in seiner Hand.

Der Sonntagmorgen dämmerte klar und klirrend kalt herauf. Vor zwei Wochen hatte es zum ersten Mal geschneit, viel früher als gewöhnlich, und der Wetterbericht sagte weiteren Schnee voraus.

Es sah nach einem schönen, altmodischen Winter aus, und das war Packy nur recht. Er hatte ja nicht vor, ihn gemeinsam mit seinen amerikanischen Mitbürgern zu verbringen.

Während der Jahre seiner Haft war es ihm gelungen, mit den Como-Zwillingen in Kontakt zu bleiben, indem er einige sorgfältig ausgewählte Besucher anderer Häftlinge dafür bezahlte, dass sie Briefe von ihm zur Post trugen und ihm die Briefe der Gebrüder Como mitbrachten.

Erst letzte Woche hatte Jo-Jo die Verabredung bestätigt, sich hinter der St.-Patrick's-Cathedral zu treffen, indem er ihn in seinem Brief drängte, die Messe um Viertel nach zehn in der Kathedrale zu besuchen und dann einen Spaziergang auf der Madison Avenue zu unternehmen.

Also, Benny und Jo-Jo würden dort sein. Warum auch nicht?, fragte sich Packy. Um acht Uhr schloss er die Tür des »Castle« hinter sich und trat auf die Straße hinaus. Er hatte beschlossen, die hundert Blocks zu laufen, nicht weil er Training brauchte, sondern weil er wusste, dass man ihn verfolgen würde; und er gönnte seinem Wachhund einen ordentlichen Spaziergang am frühen Morgen.

Er konnte die Instruktionen geradezu hören, die man dem Typen erteilt hatte, der sich an seine Fersen heften sollte: »Lass ihn nicht aus den Augen, früher oder später führt er uns zu dem versteckten Geld.«

O nein, das werde ich nicht tun, dachte Packy, als er mit

raschen Schritten den Broadway hinunterging. Einige Male blickte er sich gründlich um, wenn er an einer roten Ampel stehen blieb, so als wäre er ganz verzaubert von der großen weiten Welt, die er so lange vermisst hatte. Beim zweiten Umschauen konnte er seinen Verfolger ausmachen, einen fetten Kerl, der sich als Jogger verkleidet hatte.

Und was für ein Jogger, dachte Packy. Er kann von Glück sagen, wenn er mir in diesem Tempo bis zur Kathedrale folgen kann.

Die Vormittagsmesse um Viertel nach zehn zog sonntags immer die größten Menschenmassen an. In dieser Messe sang der große Chor, und an vielen Sonntagen feierte der Kardinal selbst die Messe mit den Gläubigen.

Packy wusste schon, wo er sitzen würde: auf der rechten Seite, ziemlich weit vorn. Er würde warten, bis die Heilige Kommunion ausgeteilt würde, und sich mit allen anderen in die Reihe stellen. Dann würde er, kurz bevor er ganz vorn war, quer nach links hinübergehen, zu dem Korridor, der in das Stadthaus an der Madison Avenue führte, in dem die Büros der Erzdiözese untergebracht waren. Daran erinnerte Packy sich noch aus seiner Zeit in der High School, denn damals hatten sich die Kinder aus seiner Klasse dort versammelt und waren dann bei Gottesdiensten zusammen in die Kirche eingezogen.

Jo-Jo und Benny würden mit ihrem Van in der Madison Avenue direkt vor dem Eingang des Hauses warten, und bevor der fette Kerl hinter ihm auch nur eine Chance hätte, ihm zu folgen, wären sie auch schon auf und davon.

Packy kam einige Zeit vor Beginn der Messe bei der Kathedrale an und zündete vor den Standbild des heiligen Antonius eine Kerze an. »Ich weiß, wenn ich zu dir bete, wirst du mir helfen, zu finden, was ich verloren habe«, erinnerte er den Heiligen. »Aber das Zeug, das ich brauche, ist *versteckt*, nicht verloren. Ich muss also nicht um etwas bitten, was ich finden möchte. Alles, was ich von dir erbitte, ist ein bisschen Hilfe, damit ich den fetten Jogger loswerde.«

Er hatte seine Hände im Gebet zusammengelegt, eine Geste, die ihn in die Lage versetzte, einen kleinen Spiegel in seiner Hand zu verstecken, mit dessen Hilfe er den fetten Jogger beobachten konnte, der in einer nahe gelegenen Nische kniete.

Um Viertel nach zehn wartete Packy, bis der Einzug vom Kirchenportal her begann. Dann eilte er den Mittelgang entlang und quetschte sich auf einen Randplatz in der sechsten Reihe.

Mit dem Spiegel konnte er sehen, dass es dem fetten Jogger nicht gelang, einen Randplatz zu ergattern. Er musste an zwei alten Damen vorbei, bevor er einen Platz fand.

Gesegnet seien die alten Damen, dachte Packy. Sie wollen immer gern am Rand sitzen. Irgendwie fürchten sie wohl, etwas zu verpassen, wenn sie weiterrutschen und Platz für jemand anderen machen.

Das wirkliche Problem bestand darin, dass es jede Menge Wachmänner in der Kirche gab. Damit hatte er nicht gerechnet. Selbst ein Zweijähriger hätte die Typen in den weinroten Jacken erkannt und begriffen, dass sie nicht nur Platzanweiser waren. Und ein paar Polizisten in Uniform waren auch zu sehen. Sie würden wie der Blitz über ihn herfallen, wenn er einen Fuß auf die Altarstufen setzte.

Zum ersten Mal wurde Packy unruhig, und sein Selbstvertrauen erhielt einen schweren Dämpfer. Er beobachtete die Szenerie genauer. Schweißtropfen erschienen auf seiner Stirn, als ihm klar wurde, dass er nicht besonders viele Möglichkeiten hatte.

Die Seitentür rechts von ihm bot noch die beste

Chance, zu entkommen. Er könnte es während des Halleluja versuchen, wenn alle standen. Dann konnte er hinausschlüpfen, ohne dass der Jogger ihn überhaupt bemerkte. Er würde nach links abbiegen und den halben Block umrunden, bis zur Madison Avenue und dort bis zu dem Van. »Ihr müsst nur da sein, Jo-Jo und Benny«, flüsterte er in sich hinein. Aber selbst wenn sie nicht da waren und selbst wenn er verfolgt würde: Es war schließlich kein Verstoß gegen die Bewährungsauflage, einen Gottesdienst vorzeitig zu verlassen.

Allmählich fühlte er sich wieder besser. Mit Hilfe des Spiegels konnte er sehen, dass sich inzwischen noch ein weiterer Beter in die Kirchenbank des fetten Joggers gequetscht hatte. Ihren Prinzipien getreu waren die beiden alten Damen in den Gang hinausgetreten, um ihn hineinzulassen und selbst die Plätze am Rand zu behalten, und nun saß der fette Jogger Wange an Wange mit einem kräftigen Jungen, den er nicht leicht zur Seite schieben würde.

»Lasst uns unser eigenes Leben betrachten: was wir getan und was wir versäumt haben«, sagte der Priester, ein Monsignore.

Das war nun wirklich das Letzte, worüber Packy jetzt nachdenken wollte. Die Epistel wurde verlesen, aber Packy hörte schon nicht mehr zu. Er konzentrierte sich jetzt nur noch auf seine Flucht.

»Halleluja«, sang der Chor.

Die Gemeinde erhob sich. Noch bevor der Letzte stand, war Packy schon am Seitenausgang der Kathedrale, der auf die fünfzigste Straße hinausführte. Noch bevor das zweite Halleluja gesungen wurde, war er auf der Madison Avenue, vor dem dritten, lang gezogenen Hal-le-lu-ja hatte er den Van entdeckt, hatte die Tür geöffnet, war hineingesprungen, und der Wagen war losgefahren.

In der Kathedrale war der kräftig gebaute junge Mann inzwischen wirklich böse geworden. »Na, hören Sie mal, Mister«, sagte er zu dem Jogger, »ich kann doch hier nicht die alten Damen über den Haufen rennen, nur weil Sie auf einmal aus der Kirchenbank rauswollen. Regen Sie sich doch nicht so auf!«

9

Am Sonntagnachmittag sagte Alvirah bewundernd: »Du bist wirklich ein Naturtalent im Skifahren, Opal.«

Opals freundliches Gesicht strahlte über das Lob. »In meiner Schulzeit war ich tatsächlich eine ganz brauchbare Sportlerin«, sagte sie. »Meine Spezialität war allerdings Softball. Ich vermute, ich bin einfach nur ein Bewegungstalent oder so. Als ich vorhin diese Langlaufskier an den Füßen hatte, habe ich mich gefühlt wie auf Wolken.«

»Na, jedenfalls hast du Alvirah und mich schon am Start stehen lassen«, bemerkte Willy. »Du bist losgezogen, als wärst du seit frühester Kindheit auf den Dingern unterwegs.«

Jetzt war es fünf Uhr am Nachmittag. Im Kamin in ihrer Hütte prasselte ein wärmendes Feuer, und sie genossen ein Glas Wein. Ihre Pläne, Alvirahs Baum zu finden, hatten sie verschoben. Nachdem sich herausgestellt hatte, dass alle Plätze im samstäglichen Nachmittags-Skikurs belegt waren, hatten sie sich kurz entschlossen für den Vormittagskurs angemeldet. Dann hatte sich aber beim Mittagessen doch noch ein freier Platz für den Nachmittag ergeben, und Opal war noch einmal losgezogen.

Am Sonntag waren sie in der Blessed-Sacrament-Kirche zum Gottesdienst gegangen und danach noch ein Stündchen Ski gelaufen. Danach hatten Alvirah und Willy genug und waren ganz zufrieden damit, in ihr Häuschen zurückzukehren, eine Tasse Tee zu trinken und ein Mittagsschläfchen zu halten. Die Schatten wurden schon länger, als Opal zurückkam. Alvirah hatte gerade angefangen, sich Sorgen um sie zu machen, als sie auf Skiern zum Eingang geglitten kam, mit rosigen

Wangen und einem begeisterten Funkeln in ihren hellbraunen Augen.

»Ach, Alvirah«, seufzte sie, als sie aus der Bindung stieg. »Ich habe es nicht mehr so gut gehabt, seit …« Sie brach mitten im Satz ab, und das Lächeln verschwand von ihren Lippen.

Alvirah wusste genau, was Opal hatte sagen wollen: »Ich hatte nicht mehr so viel Spaß seit dem Tag, als ich in der Lotterie gewann.«

Aber Opals Lächeln kam schnell wieder. »Es war ein wunderbarer Tag«, sagte sie. »Ich kann euch gar nicht genug danken für die Einladung, mit euch zu fahren.«

Die Reillys – Nora, Luke, Regan und Regans Verlobter Jack – hatten diesen Tag wie auch den davor auf der Skipiste verbracht.

Für sieben Uhr hatten sie sich mit Alvirah zum Abendessen im großen Speisesaal verabredet. Dort unterhielt Regan sie mit der Geschichte eines ihrer Lieblingsfälle: Eine dreiundneunzigjährige Frau verlobte sich mit ihrem Finanzberater und wollte ihn drei Tage später bereits heiraten. Heimlich plante sie, jeder und jedem ihrer vier Lieblingsnichten und -neffen zwei Millionen Dollar zu schenken, sofern sie *alle* bei der Hochzeit zugegen wären.

»Tatsächlich war es bereits ihre fünfte Hochzeit«, erklärte Regan. »Die Familie bekam Wind von ihrem Plan, und die Neffen und Nichten ließen alles stehen und liegen, um an der Hochzeit teilnehmen zu können. Wen wundert's? Aber eine der Nichten war spontan zu einem Wochenendausflug abgereist. Sie hatte ihr Handy abgestellt, und niemand wusste, wo sie sich aufhielt. Ich sollte sie finden und dafür sorgen, dass sie zu der Hochzeit kam, damit die Familie das Geld einstreichen konnte.«

»Rührend, so viel Familiensinn, nicht wahr?«, kommentierte Luke.

»Für zwei Millionen Dollar hätte ich mich sogar als Brautjungfer zur Verfügung gestellt«, lachte Jack.

»Meine Mutter hat früher immer eine Radiosendung gehört, die hieß ›Mr. Keen sucht vermisste Personen‹«, erinnerte sich Opal. »Scheint so, als wären Sie der neue Mr. Keen, Regan.«

»Ich habe tatsächlich schon den einen oder anderen Vermissten aufgespürt«, musste Regan zugeben.

»Und einige von ihnen wären besser dran gewesen, wenn du sie nicht aufgespürt hättest«, sagte Jack mit einem Lächeln. »Sie endeten nämlich hinter schwedischen Gardinen.«

Es war wieder einmal ein höchst angenehmes Abendessen, dachte Opal. Nette Leute, gute Gespräche, eine wunderbare Umgebung – und nun auch noch das gute Gefühl, eine neue Sportart gefunden zu haben. Sie hatte den Eindruck, als wäre sie Millionen von Meilen von der *Village Eatery* entfernt, wo sie die letzten zwanzig Jahre gearbeitet hatte, abgesehen von den wenigen Monaten, als sie das Geld aus dem Lotteriegewinn auf der Bank gehabt hatte. Nicht dass die *Village Eatery* ein so übler Arbeitsplatz gewesen wäre, versicherte sie sich selbst, immerhin war es schon eine Art besseres Restaurant, weil es eine Alkohol-Lizenz und eine eigene Bar besaß. Aber die Tabletts waren schwer, und die meisten Gäste waren Studenten vom College, die von sich behaupteten, nicht viel Geld zu haben – eine windige Entschuldigung für die kleinen Trinkgelder, die sie ihr zukommen ließen.

Wenn sie sich ansah, wie Alvirah und Willy seit ihrem Lotteriegewinn lebten oder dass Herman Hicks sich von einem Teil seines Gewinns diese wunderbare Wohnung hatte leisten können, dann wurde Opal umso schmerzlicher bewusst, wie dumm sie gewesen war, als sie diesem aalglatten Lügner Packy Noonan vertraut und so ihre Chance auf ein bisschen Komfort und

Luxus verspielt hatte. Die Sache wurde noch schlimmer, wenn sie Nora zuhörte, die voller Begeisterung die Hochzeit von Regan und Jack plante. Opals Lieblingsnichte musste für ihre Hochzeit jeden Cent sparen.

»Eine große Sache wird das nicht, Tante Opal«, hatte Kristy ihr gesagt. »Lehrer verdienen nun einmal nicht viel. Mom und Daddy können es sich schon gar nicht leisten, mich zu unterstützen, und du glaubst ja nicht, wie viel selbst eine kleine Hochzeit kostet.«

Kristy war die Tochter von Opals jüngerem Bruder und lebte in Boston. Ihr Stipendium fürs College hatte sie für die Zusage erhalten, nach ihrem Abschluss drei Jahre lang an einer Schule in einem der armen Innenstadtviertel zu unterrichten, und das tat sie nun. Tim Cavanaugh, ihr Verlobter, ging zur Abendschule, um einen Abschluss als Steuerberater zu machen. Sie waren beide so wunderbare junge Menschen und hatten so viele Freunde! Für mein Leben gern würde ich den beiden eine richtig schöne Hochzeit spendieren und ihnen helfen, ihre erste gemeinsame Wohnung einzurichten, dachte Opal. Wenn doch nur ...

Ja, wenn doch nur, schalt sie sich selbst. Hör auf damit. Denk an was anderes.

Dieses »andere«, das ihr jetzt wieder einfiel, war die Tatsache, dass sie am Samstagnachmittag mit ihrem Skikurs an einer einsam gelegenen Farm vorbeigekommen war, etwa zwei Meilen von hier entfernt. In der Auffahrt hatte ein Mann gestanden und Skier auf dem Dach eines Vans befestigt. Sie hatte ihn nur für einen Augenblick gesehen, aber aus irgendeinem verrückten Grund war er ihr bekannt vorgekommen, so als wäre sie ihm erst kürzlich begegnet. Er war klein und stämmig, aber das galt für mindestens die Hälfte der Gäste in ihrem Restaurant, rief sie sich selbst zur Ordnung. Es ist nur dieser bestimmte Typ, nicht mehr.

Woher sollte ich ihn kennen? Und doch ließ sie der Gedanke nicht los.

»Einverstanden, Opal?«, fragte Willy.

Opal schreckte hoch und merkte, dass Willy diese Frage jetzt schon zum zweiten Mal stellte. Worüber hatte er gesprochen? Ach ja, er hatte vorgeschlagen, dass sie morgen zeitig frühstücken und dann beim Fällen des Rockefeller-Baums zusehen sollten. Dann konnten sie nach Alvirahs Baum suchen, zurück zum Hotel gehen, zu Mittag essen und allmählich für die Heimreise packen.

»Ja, sicher, einverstanden«, antwortete sie eilig. »Ich werde mir eine Einweg-Kamera kaufen und ein paar Bilder knipsen.«

»Opal, ich habe doch eine Kamera. Ich wollte ohnehin ein Bild von Alvirahs Baum machen und es unserem Börsenmakler schicken«, lachte Nora. »Wir haben von ihm dieses Jahr einen Früchtekuchen als Weihnachtsgeschenk bekommen.«

»Ein Topf mit Ahornsirup und ein Baum zum Anzapfen, der Hunderte von Meilen von deinem Wohnort entfernt steht – das nenne ich nun aber auch nicht wirklich üppig«, lachte Alvirah. »Die Leute, bei denen ich früher geputzt habe, bekamen immer Magnumflaschen mit Champagner von ihrer Investmentfirma.«

»Das war zu der Zeit, als es auch noch Toiletten mit hoch gehängten Spülkästen und Kette gab«, sagte Willy abwinkend. »Heutzutage musst du froh sein, wenn diese Typen in deinem Namen ihre Lieblings-Wohltätigkeitsorganisation bedenken, wobei die Chance groß ist, dass du (a) nie zuvor von dieser Organisation gehört hast und dass du (b) nie erfährst, wie viel sie tatsächlich gespendet haben.«

»Was für ein Glück, dass die Leute froh sind, wenn sie von Angehörigen meiner Branche möglichst wenig hören, schon gar zu Weihnachten«, brummelte Luke.

Regan lachte. »Jetzt wird die Sache allmählich albern. Ich freue mich sehr darauf, zuzusehen, wie der Rockefeller-Baum gefällt wird. Stellt euch doch nur mal all die Leute vor, die diesen Baum in der Weihnachtszeit sehen werden. Und danach wäre es sicher schön zu sehen, wie schnell wir mit Hilfe der Karte Alvirahs Baum finden.«

Regan konnte nicht ahnen, wie schnell sich der fröhliche Ausflug in ein todernstes Abenteuer verwandeln würde, sobald Opal morgen auf Skiern losgezogen sein würde, um herauszufinden, wer der kleine, stämmige Mann auf der einsamen Farm war – auf der einsamen Farm, wo Packy Noonan soeben angekommen war.

10

Allmählich fühle ich mich hier wie bei den Waltons aus der alten Fernsehserie, dachte Milo, als er den Deckel von dem großen Kochtopf hob und den Duft des Rindsragouts einsog, das auf dem Ofen leise vor sich hin schmorte. Es war früh am Sonntagmorgen, und mit den angenehmen Küchendüften war tatsächlich so etwas wie Gemütlichkeit in das alte Haus eingezogen.

Durch das Fenster konnte er sehen, dass es angefangen hatte zu schneien. Doch so herzerwärmend die Szenerie auch sein mochte, er konnte es kaum noch erwarten, dass sein Job hier beendet war, damit er endlich nach New York ins Künstler- und Literatenviertel Greenwich Village zurückdurfte. Er brauchte die Anregungen, die Lesungen und die Gesellschaft anderer Dichter, die seinen Gedichten respektvoll zuhörten und applaudierten und ihm manchmal sogar sagten, wie sehr seine Gedichte sie bewegt hätten. Selbst wenn es nicht der Wahrheit entsprach, waren sie doch gute Schauspieler. Sie machen mir Mut, und das brauche ich, dachte er.

Die Como-Zwillinge hatten Milo gesagt, er müsse auf jeden Fall ab sechs Uhr am Sonntagabend auf der Farm sein und das Abendessen bereithalten. Sie waren am Samstagnachmittag abgefahren. Sie waren ja schon ziemlich nervös gewesen, als sie mit dem Tieflader hier angekommen waren, aber das war gar nichts im Vergleich zu ihrem Benehmen, als sie mit dem Van wieder verschwanden. Er hatte ganz unschuldig gefragt, wohin sie führen, aber Jo-Jo hatte vor Nervosität und unterdrückter Aggression regelrecht nach ihm geschnappt: »Das geht dich überhaupt nichts an. Gar nichts.«

Als ich ihm gesagt habe, er sollte mal ein bisschen halblang machen, ist er fast aus seinem blöden Skianzug gesprungen, erinnerte sich Milo. Dann hatte Jo-Jo Benny angekeift, er solle die Skier noch mal vom Dach nehmen und ordentlich befestigen.
Er war der Meinung, der eine Ski sähe so aus, als wäre er lose, und es wäre ganz genau Bennys Art, ihnen einen Ski zu bescheren, der sich auf dem Highway vom Dach löste und möglichst noch ein Polizeiauto traf. »Was wir jetzt noch brauchen, sind die Bullen an unserer Stoßstange, damit sie endlich unsere windigen Führerscheine in ihre ungewaschenen Finger bekommen.«
Dann, eine Viertelstunde später, hatte er Benny angebrüllt, er solle reinkommen, weil da draußen eine Gruppe Langläufer über das Feld zog. »Kann doch sein, dass einer von diesen Schnee-Hopsern ein Bulle mit Adleraugen ist«, tobte er. »Dein Bild war letztens im Fernsehen, als sie die Geschichte über Packy gebracht haben, oder nicht? Willst du vielleicht Packys Schlafplatz im Kittchen übernehmen?«
Sie waren absolut panisch – das hatte Milo bald erkannt. Andererseits, ihm ging es ja nicht viel besser. Es war ihm vollkommen klar, dass ein Risiko dabei war, egal, wohin die Zwillinge jetzt gefahren waren. Wenn Sie verhaftet wurden und ihn da mit hineinzogen, konnte er zumindest dafür belangt werden, dass er zwei gesuchte Verbrecher beherbergt hatte. Es war nicht gut, mit zwei Typen zu tun zu haben, die untergetaucht waren, und er war jetzt schon sicher, dass ihr kleiner Ausflug mit Packy Noonan zu tun hatte, der inzwischen aus dem Knast entlassen worden war.
Würde ihm irgendjemand glauben, wenn er behauptete, er hätte nicht gewusst, dass die Zwillinge vor dreizehn Jahren genau zu dem Zeitpunkt verschwunden waren, als Packy verhaftet wurde, und dass er seitdem

nichts mit ihnen zu tun gehabt hatte? Bis jetzt jedenfalls, korrigierte er sich.

Nein, entschied er. Absolut niemand würde ihm das glauben.

Die Zwillinge hatten sich jahrelang einer Verhaftung entzogen, und so wohlgenährt und gut gekleidet, wie sie aussahen, war es ihnen in dieser Zeit ganz gut gegangen. Also stand ihnen offenbar zumindest ein Teil des Geldes zur Verfügung, das die Investoren bei dem Betrug verloren hatten.

Warum nur hatten sie es trotz dieser offenbar recht komfortablen Lage riskiert, in die USA zurückzukommen? Das fragte er sich wirklich.

Packy hat seine Schuld der Gesellschaft gegenüber abgebüßt, dachte Milo, aber sie haben ihn nur zur Bewährung auf freien Fuß gesetzt. Und nach allem, was ich von den Gesprächen der Zwillinge verstanden habe, wollen sie in den nächsten Tagen die USA verlassen. Mit welchem Ziel? Und wie?

Milo holte mit der Gabel ein Stück von dem Rindsragout aus dem Topf und steckte es sich vorsichtig in den Mund. Jo-Jo und Benny waren kaum vierundzwanzig Stunden hier gewesen, und doch waren in dieser kurzen Zeit all die Jahre weggeschmolzen, die sie einander nicht gesehen hatten.

Bevor Jo-Jo so nervös geworden war, hatten sie ein paar Mal kräftig über die alten Zeiten gelacht. Und nach ein paar Bierchen hatte Benny ihn sogar eingeladen sie doch mal zu besuchen, da unten in Bra…

Bei dieser Erinnerung musste Milo lächeln. Jo-Jo hatte seinen Bruder in diesem Augenblick abrupt gestoppt. So hatte Benny statt »Brasilien« – was sicher seine Absicht gewesen war – gesagt: »Bra-Bra, ich meine, Bora-Bora.«

Benny war einfach noch nie die ganz große Leuchte gewesen, erinnerte sich Milo.

Er begann den Tisch zu decken. Wenn die Zwillinge tatsächlich mit Packy Noonan hier auftauchten, würde Packy das Ragout genießen oder hatte er im Gefängnis genug von derartigen Gerichten bekommen? Aber selbst wenn, es hat dort natürlich nie so gut geschmeckt wie *meins*, dachte Milo zufrieden. Und wenn irgendjemand kein Ragout mag, habe ich immer noch genügend Spaghettisauce.

Nach allem, was er bisher gehört hatte, konnte Packy ziemlich ekelhaft werden, wenn die Dinge nicht so liefen, wie er sie geplant hatte. Trotzdem würde ich ihn eigentlich ganz gern mal kennen lernen, gab Milo sich selbst zu. Kein Zweifel, der Kerl hat diese Ausstrahlung, die man gemeinhin Charisma nennt. Deshalb hat sein Prozess auch so viel Aufsehen erregt: Die Leute können Kriminellen mit Charisma einfach nicht widerstehen.

Ein grüner Salat mit Parmesanstückchen, selbst gebackene Kekse und Eis würden das Menü vervollständigen, das selbst die englische Königin zufrieden stellen würde, wenn sie zufällig auf ihren Skiern hier hereinschneite, gratulierte sich Milo selbst. Das Geschirr ist vielleicht nicht ganz so tauglich für königliche Hoheiten, dachte er dann, kaum ein Teller passt zum anderen, und Macken haben sie auch. Aber das machte nichts.

Den Zwillingen jedenfalls würde es nichts ausmachen. Wie viel Geld sie auch immer in der Tasche mit sich herumtrugen, im Grunde waren und blieben sie immer noch dieselben zwei Provinzgauner, die sie immer gewesen waren. Wie seine Mutter schon zu sagen pflegte: »Milo, mein Schatz, Klasse kann man nicht kaufen.« Und Junge, eins musste man ihr lassen: Wo sie Recht hatte, da hatte sie Recht.

Alles war bereit, er konnte nicht mehr tun, als auf ihre Rückkehr warten. Er ging zur Vordertür und öffnete sie. Mit einem Blick auf die Scheune stellte er sich zum wiederholten Mal die Frage: Was haben die bloß mit diesem Tieflader vor? Wenn sie zurück nach Bra-Bra-Brasilien wollen, können sie wohl kaum mit einem Tieflader reisen. Bei ihrer Ankunft waren einige mickrige Fichten auf der Ladefläche zu sehen gewesen, aber die hatte Benny gestern in eine der Pferdeboxen geworfen.

Vielleicht sollte ich ein Gedicht über einen Baum schreiben, dachte Milo, als er die Tür wieder schloss und zu dem alten Schreibtisch im Wohnzimmer ging. Der Makler, der ihm die Farm vermietet hatte, hatte die Stirn besessen, das Ding als Antiquität zu bezeichnen. Milo setzte sich und schloss die Augen.

Die erste Inspiration hatte wenig Erbauliches an sich: Ein mickriger Baum, den niemand haben will, dachte er traurig. Er wird in eine Pferdebox geworfen, und dort steht eine alte Mähre, die zu nichts mehr taugt und bald zum Abdecker gebracht werden soll. Sie haben beide so viel Angst. Der Baum weiß, sein nächster Aufenthaltsort ist der Kamin.

Am Anfang verstehen sich Pferd und Baum nicht, aber weil geteiltes Leid halbes Leid ist und sie einander nicht aus dem Weg gehen können, werden sie gute Freunde. Der Baum erzählt dem alten Pferd, warum er nie richtig groß geworden ist und dass ihn alle nur Stumpy genannt haben. Deshalb ist er hier in der Box gelandet. Das Pferd erzählt ihm, wie es sich in dem einen Rennen, das es hätte gewinnen können, schon in der ersten Runde auf die Bahn gesetzt hat, weil es so müde war.

Stumpy und das Pferd trösten einander und planen ihre Flucht. Das Pferd packt Stumpy an einem Zweig, schleudert ihn sich auf den Rücken, bricht aus der Box aus, und die beiden entkommen in den Wald, wo sie glücklich leben bis ans Ende ihrer Tage.

Mit Tränen in den Augen schüttelte Milo den Kopf. »Manchmal kommt mir einfach wunderbare Dichtung in den Sinn, einfach vollkommen«, sagte er laut zu sich selbst. Er schniefte immer noch, als er ein Blatt Papier aus dem Schreibtisch zog und zu schreiben begann.

11

Bereits im ersten Augenblick, als er den Van auf der Madison Avenue entdeckte, war für Packy Noonan klar, dass sich die Gehirnzellen der Como-Zwillinge in den letzten dreizehn Jahren nicht vermehrt haben konnten. Während er noch auf den Rücksitz sprang und die Tür hinter sich zuschlug, schäumte er auch schon: »Was soll das mit den Skiern? Geht es vielleicht auch noch ein bisschen auffälliger? Warum habt ihr nicht gleich ein Schild aufs Dach montiert mit der Aufschrift *Packys Fluchtauto*?«

»Hä?«, grunzte Benny verwirrt.

Jo-Jo saß am Steuer und trat das Gaspedal durch. Trotzdem war er ein kleines bisschen zu spät dran, um die Ampel noch zu schaffen, und er entschied sich, kein Risiko einzugehen, zumal an der Straßenecke ein Polizist stand. Auch wenn er das Gesicht abwandte, musste man in dieser Situation nicht unbedingt eine rote Ampel überfahren.

»Ich habe gesagt, ihr sollt Skier mitbringen, damit wir sie irgendwann später aufs Dach montieren können«, schnaufte Packy. »Wer auch immer mich beobachtet hat, hätte dann ausgesagt, ich sei in einen Van gestiegen. Wir hätten irgendwo geparkt und die Skier aufs Dach getan. Dann hätten die Bullen nach irgendeinem blöden alten Van gesucht, aber niemals nach einem Van mit Skiern auf dem Dach. Ihr seid so blöd! Ihr hättet den Wagen ebenso gut über und über mit ›Jesus liebt dich‹-Aufklebern voll pflastern können, ihr elenden Idioten.«

Jo-Jo drehte sich nach ihm um. »Wir haben unseren Hals riskiert, um dich hier rauszuholen, Packy. Wir hatten es nicht nötig, das zu tun, weißt du.«

»Fahr zu!«, schrie Packy. »Die Ampel ist grün. Brauchst

du eine besondere Einladung, um endlich mal Gas zu geben?«

Der Verkehr war lebhafter als sonst an einem Sonntagmorgen. Der Van bewegte sich langsam den langen Häuserblock entlang Richtung 52. Straße, und dort fuhr Jo-Jo in östlicher Richtung weiter. Gerade in dem Augenblick, als sie außer Sichtweite waren, kam der Mann die Madison Avenue hochgerannt, den Packy als den fetten Jogger bezeichnet hatte. »Hilfe! Hilfe! Hat irgendjemand hier einen Mann vorbeirennen sehen?«, rief er in höchster Lautstärke.

Der Polizist, der Packy überhaupt nicht bemerkt hatte, machte sich auf den Weg hinüber zu dem Jogger in der sicheren Annahme, er hätte es mit einem Verrückten zu tun. Einheimische und Touristen blieben stehen, um zu sehen, was da los war, für einen kurzen Moment vereint in der gemeinsamen Neugier.

Der Jogger brüllte noch lauter: »Hat irgendjemand den Mann gesehen, der vor einer Minute hier vorbeigerannt ist?«

»Jetzt mach aber mal halblang, Freundchen«, herrschte der Polizist ihn an. »Sonst verhafte ich dich wegen Ruhestörung.«

Ein Vierjähriger, der auf der anderen Straßenseite neben seiner Mutter gestanden hatte, während sie mit ihrem Handy telefonierte, zupfte seine Mutter am Rock. »Da ist ein Mann vorbeigerannt, und er ist in einen Van eingestiegen, der Skier auf dem Dach hatte«, sagte er ganz ruhig.

»Kümmer dich um deine eigenen Angelegenheiten«, sagte sie in scharfem Ton. »Es ist wirklich nicht nötig, dass du hier den Zeugen spielst. Der Mann, den sie suchen, ist wahrscheinlich ein Taschendieb. Sie werden ihn schon finden, schließlich werden sie dafür bezahlt.« Dann führte sie ihr Telefongespräch weiter, während sie ihn an der Hand nahm und mit ihm die

Straße hinunterging. »Jeannie, du bist meine Schwester, und ich will wirklich nur dein Bestes. Trenn dich von diesem Ungeheuer.«

Weniger als zwei Häuserblocks weiter bewegte sich der Van langsam durch den dichten Verkehr. Auf dem Rücksitz versuchte Packy vergeblich, den Wagen mit purer Willenskraft schneller zu machen: Park Avenue, Lexington Avenue, Third, Second, First ...«

An der First Avenue angekommen, bog Jo-Jo ab. Noch zehn Blocks bis zum FDR Drive, fluchte Packy innerlich. Er begann, auf seinen Fingernägeln herumzubeißen, eine alte Angewohnheit, die er eigentlich aufgegeben hatte, als er neun Jahre alt gewesen war. Bis zu dem Moment, wo ich heute Abend nicht im *Castle* auftauche, tue ich nichts Verbotenes, überlegte er. Aber wenn ich mich in Gesellschaft der Zwillinge erwischen lasse, ist es aus. Wer sich mit einschlägig bekannten Verbrechern einlässt, verwirkt seine Bewährung auf der Stelle. Es wäre besser gewesen, wenn sie den Wagen irgendwo für mich geparkt hätten. Aber selbst wenn ich allein gewesen wäre – wenn man mich erwischt hätte, wie hätte ich die Existenz des Wagens erklären sollen? Dass ich ihn in der Kirchentombola gewonnen habe?

Er stöhnte leise.

Benny drehte sich um. »Ich habe ein gutes Gefühl, Packy«, sagte er in beruhigendem Tonfall. »Wir schaffen das.«

Aber Packy sah die Schweißtropfen auf Bennys Gesicht. Und Jo-Jo fuhr so langsam, dass sie ebenso gut hätten zu Fuß gehen können. Mir ist ja klar, dass er nicht mitten auf einer Kreuzung stecken bleiben will, aber das hier ist wirklich verrückt! Über ihren Köpfen zeigte ein Klappern an, dass einer der Skier sich löste. »Fahr rechts ran!«, schrie Packy. Zwei Minuten später, auf halbem Wege zwischen der First und der Second Avenue, zog er die Skier vom Dach und warf sie in den Kofferraum des Wagens. Dann bedeutete er Jo-Jo, auf den Beifahrersitz zu rutschen. »Haben sie dir in Brasilien beigebracht, so zu fahren? Benny, setz dich nach hinten.«

Die nächsten zwanzig Minuten herrschte tiefes Schweigen im Wagen, während sie in nördlicher Richtung weiterfuhren. Benny, der sich leicht einschüchtern ließ, kauerte in einer Ecke auf dem Rücksitz. Er hatte vergessen, dass Packy immer durchdrehte, wenn er nervös wurde. Was soll das eigentlich?, fragte er sich. In seinen Briefen hat er uns gesagt, wir sollen uns jemanden suchen, dem wir vertrauen, und dafür sorgen, dass er eine Farm mit einer großen Scheune in Stowe mietet. Haben wir gemacht. Dann schickt er uns eine Nachricht, wir sollen eine Baumfällersäge, eine Axt und ein Seil besorgen, und den Tieflader natürlich. Haben wir gemacht. Er hat uns gesagt, wir sollen ihn heute hier abholen. Haben wir gemacht. Also, was soll die ganze Aufregung? Packy hat geschworen, dass er den Rest der Beute in New Jersey versteckt hat, also warum fahren wir nach Vermont? Ich habe noch nie von einem gehört, der über Vermont nach New Jersey gefahren ist.

Auf dem Beifahrersitz hockte Jo-Jo und dachte zumindest in dieselbe Richtung. Benny und ich hatten zehn Millionen bei uns, als wir uns nach Brasilien absetzten. Wir haben dort gut gelebt, sehr, sehr gut, wenn auch nicht völlig abgedreht. Packy sagt, er hat noch siebzig oder achtzig Millionen, an die er herankommt, sobald er aus dem Knast draußen ist. Aber er hat nie gesagt, wie viel Benny und ich davon bekommen. Wenn die Sache schief geht, landen Benny und ich am Ende noch gemeinsam mit Packy im Bau. Wir hätten schön in Brasilien bleiben sollen, dann hätte er erst einmal ein paar

Wochen in diesem verdreckten Lokal schuften können, wo ihm die Bewährungshelfer den Job besorgt haben. Und wenn wir dann gekommen wären und ihn gerettet hätten, dann wäre er vielleicht ein bisschen dankbarer gewesen. Wahrscheinlich hätte er uns die Füße geküsst.

Als sie das Schild *Willkommen in Connecticut* sahen, ließ Packy das Lenkrad los und klatschte in die Hände. »Einen Bundesstaat näher an Vermont!«, rief er vergnügt. Mit einem breiten Grinsen drehte er sich zu Jo-Jo um. »Aber da bleiben wir nicht lange. Wir erledigen, was zu erledigen ist, und dann auf ins sonnige Brasilien.«

So Gott will, dachte Jo-Jo, so fromm er konnte. Aber ich habe immer noch das Gefühl, dass Benny und ich uns mit den zehn Millionen hätten zur Ruhe setzen sollen. Sein Magen gab ein hässliches Geräusch von sich, als er den schwachen Versuch unternahm, Packys Lächeln zu erwidern.

12

Um Viertel vor acht hörte Milo ein Fahrzeug die Auffahrt hochkommen. Nervös und angespannt eilte er zur Eingangstür, um sie zu öffnen. Er beobachtete Jo-Jo, der auf der Beifahrerseite ausstieg, und Benny, der vom Rücksitz kletterte.

Und wer ist gefahren?, fragte er sich. Aber die Frage beantwortete sich schnell von selbst, als die Fahrertür aufging und ein Mann ausstieg. Selbst in dem schwachen Licht, das aus dem Wohnzimmerfenster drang, erkannte Milo, dass sein Verdacht richtig gewesen war: Packy Noonan war der geheimnisvolle Überraschungsgast.

Benny und Jo-Jo warteten auf Packy, um hinter ihm die Stufen zur Tür hochzusteigen. Milo sprang einen Schritt zurück, um die Tür so weit wie möglich zu öffnen. Er hatte ein wenig das Gefühl, als müsse er jetzt salutieren, aber Packy streckte ihm die Hand entgegen.

»Sie sind also Milo, der Dichter«, sagte er. »Danke, dass Sie hier für mich die Stellung gehalten haben.«

Hätte ich gewusst, dass ich hier für dich die Stellung halte, dann wäre ich schon nicht mehr hier, dachte Milo, aber zu seiner eigenen Überraschung lächelte er zurück. »War mir ein Vergnügen, Mr. Noonan«, hörte er sich sagen.

»Packy«, korrigierte Packy ihn sanft, während seine Blicke wie Pfeile durch den Raum schossen. Dann schnüffelte er. »Irgendwas riecht hier ausgesprochen gut.«

»Mein Rinderragout«, sagte Milo, und die Worte überschlugen sich fast in seinem Mund. »Ich hoffe, Sie mögen Rinderragout, Mr. ... ich meine, Packy.«

»Mein Lieblingsessen. Mama hat es jeden Freitag für mich gekocht, oder war es Samstag?« Packy begann sich wohl zu fühlen. Milo, der Dichter, war so leicht zu durchschauen wie ein Schuljunge. Ich habe sie nicht verloren, die Gabe, Menschen zu beeindrucken, dachte er. Wie hätte ich auch sonst all diese dummen Investoren dazu gebracht, mir ihr Geld in den Rachen zu werfen?«

Jo-Jo und Benny kamen nun auch ins Haus. Packy entschied, dies sei der richtige Augenblick, Milo zu einem dauerhaften Teil ihrer Mannschaft zu machen. »Jo-Jo, hast du das Geld da, wie ich dir gesagt habe?«

»Aber sicher, Packy.«

»Dann blätter fünfzig von den richtig großen Scheinen runter, und gib sie unserem Freund Milo.« Packy legte einen Arm um Milos Schultern. »Milo«, sagte er, »das hier ist nicht das Geld, das wir dir schulden. Es ist einfach ein Bonus, weil du so ein prima Kerl bist.«

Fünfzig Hundert-Dollar-Noten?, dachte Milo. Aber er hat von den *richtig großen Scheinen* gesprochen. Fünfzigtausend kann er ja wohl nicht gemeint haben, oder? *Noch mal* fünfzigtausend? Milos Gehirn konnte mit solchen Summen überhaupt nicht umgehen, schon gar nicht mit der Vorstellung, so viel Geld in bar auf die Hand geblättert zu bekommen.

Zwei Minuten später bekam er den Mund nicht mehr zu, als Jo-Jo mit finsterem Blick fünfzig Stapel mit Banknoten aus einem großen Koffer mit Geld abzählte. »In jedem dieser Stapel sind zehn Hunderter«, sagt er. »Du kannst sie zählen, wenn du mit deinem nächsten Gedicht fertig bist.«

»Hast du's denn nicht vielleicht ein bisschen kleiner?«, fragte Milo zögernd. »Hunderter kann man so schlecht wechseln.«

»Jetzt hör auf, hier Witze zu machen«, schimpfte Jo-Jo. »Willst du auch noch Ansprüche stellen?«

»Milo«, sagt Packy mit sanfter Stimme, »Hunderter sind heutzutage nicht mehr so schwer zu wechseln. Und nun lass mich erklären, wie es hier weitergehen soll.

Wir werden spätestens am Dienstag von hier verschwinden, das bedeutet, du machst einfach weiter wie bisher und kümmerst dich gar nicht um uns, bis wir endgültig abreisen. Und *wenn* wir endgültig abreisen, dann bekommst du die anderen Fünfzigtausend. Ist das für dich eine annehmbare Situation?«

»O ja, Mr. Noonan, ich meine, Packy, sicher ist das annehmbar, Sir.« Milo konnte Greenwich Village schmecken und fühlen, als wäre er schon dort.

»Wenn zufällig irgendjemand an der Tür auftaucht und dich fragt, ob du hier einen Tieflader gesehen hast, dann vergisst du ganz einfach, dass es auf diesem Grundstück ein solches Gefährt gibt, nicht wahr, Milo?«

Milo nickte.

Packy blickte ihm geradewegs in die Augen und war zufrieden mit dem, was er sah. »Sehr gut. Wir verstehen uns. Dann wäre es doch jetzt vielleicht an der Zeit für ein Abendessen, oder nicht? Wir hatten eine ziemlich anstrengende Fahrt, und dein Rinderragout duftet wirklich verführerisch.«

13

Die sind nicht hungrig, die sind halb verhungert, dachte Milo, als er die Teller für Packy und die Zwillinge zum dritten Mal füllte. Mit tiefer Befriedigung sah er, wie sein Salat und das Gebäck verschwanden. Er hatte so viel probiert und abgeschmeckt, dass er fast keinen Appetit mehr verspürte, was auch ganz gut war, denn er musste ohnehin die ganze Zeit aufstehen und hin und her rennen und gelegentlich eine neue Flasche Wein öffnen. Packy, Jo-Jo und Benny schienen einen Kampftrinker-Wettbewerb eröffnet zu haben.

Aber je mehr sie tranken, desto milder wurde auch ihre Stimmung. Die schlecht befestigten Skier auf dem Dach waren plötzlich eine einzige große Lachnummer. Die Tatsache, dass auf der Route 91 vier Wagen ineinander gefahren waren und einen gigantischen Stau verursacht hatten, durch den sie gezwungen waren, ganz langsam an einer wahren Armee von Polizisten vorbeizufahren, war der Schenkelklopfer des Abends.

Gegen elf Uhr trugen beide Zwillinge die Augenlider auf Halbmast, und auch Packy hatte schwer einen sitzen. Milo hatte sich auf ein paar Gläschen Wein beschränkt, er wollte nicht morgen aufwachen und alles vergessen haben, was hier geredet worden war. Im Übrigen wollte er einigermaßen nüchtern bleiben, bis sein Geld sicher unter einer bequemen Matratze in Greenwich Village verstaut war.

Jo-Jo rückte seinen Stuhl nach hinten, stand auf und gähnte. »Ich geh ins Bett. He, Milo, ich denke, für die extra Fünfzigtausend könntest du vielleicht den Abwasch übernehmen, oder?« Er brach in Gelächter aus, aber Packy schlug mit der Faust auf den Tisch und befahl ihm, sich wieder hinzusetzen.

14

Um 23 Uhr, kurz vor dem Zubettgehen, stand Alvirah am Fenster und sah hinaus. In den meisten Hütten waren die Lichter schon gelöscht. In der Ferne konnte sie die Silhouette der Berge sehen. Still und schweigend, dachte sie mit einem tiefen Seufzer.

Willy lag schon im Bett. »Was fehlt dir, mein Schatz?«

»Gar nichts. Nur – irgendwie bin ich so sehr an New York gewöhnt, dass mir die Stille hier fast zu viel ist. Zu Hause hört man den Straßenverkehr, die Polizeiautos, die Geräusche der schweren Lastwagen, und all das mischt sich zu einer Art Wiegenlied.

»Ach, Schätzchen, komm doch ins Bett.«

»Aber hier ist es so still und friedlich«, fuhr Alvirah fort. »Ich wette, wenn du jetzt einen dieser Wege entlangwandern würdest, würdest du nichts anderes hören als irgendwelche kleinen Tiere, die durch den Schnee trappeln, oder das Rauschen eines Baumes oder vielleicht eine Eule. Es ist so anders, nicht wahr? In New York gibt es jetzt vermutlich einen Stau am Columbus Circle, wo die Fahrer wie wild hupen, weil die Ampel auf Grün gesprungen ist und irgendwer nicht schnell genug Gas gegeben hat. In Stowe hörst du überhaupt nichts von der Straße. Bis Mitternacht wird in allen Hütten das Licht ausgegangen sein, und alle werden sanft und selig schlafen. Ich finde es wunderbar.«

Ein leises Schnarchen vom Bett her zeigte ihr an, dass Willy fest eingeschlafen war.

»Mal sehen, was in der Welt so passiert«, schlug Nora vor, als Luke die Tür zu ihrem Häuschen aufschloss. »Ich würde mir gern noch schnell die Nachrichten ansehen, bevor ich mich hinlege.«

»Das ist nicht immer die beste Idee«, sagte Luke. »Die

Gutenachtgeschichten aus der Nachrichtenredaktion sind nicht wirklich das Richtige, um schön zu träumen.«

»Wenn ich nachts nicht schlafen kann, mache ich immer die Nachrichten an«, sagte Regan. »Ich schlafe danach wunderbar wieder ein – wenn nicht irgendetwas wirklich Aufregendes passiert.«

Jack nahm die Fernbedienung und schaltete den Fernseher ein. Der Bildschirm füllte sich mit dem Tisch des Nachrichtensprechers von *Flash News Network*, und die Gesichter der Sprecher waren ziemlich ernst. Eine Einspielung zeigte Packy Noonan, wie er das Gefängnis verließ. »Seht euch das an!«, rief Jack aus.

Mit ernster Stimme berichtete der Sprecher: »Packy Noonan, der bekannte Investment-Betrüger, der kürzlich nach einer verbüßten Haftstrafe von zwölfeinhalb Jahren aus dem Gefängnis entlassen wurde, verließ heute Morgen das Übergangswohnheim, um in der St.-Patrick's-Cathedral die Messe zu besuchen. Im Auftrag der Anwaltskanzlei, die mit der Wiederbeschaffung der Beute beauftragt ist, wurde er von einem Privatdetektiv beschattet. Aber Noonan gelang es, während der Messe die Kirche zu verlassen. Zuletzt wurde er gesehen, wie er die Madison Avenue hinunterflüchtete. Er ist heute Abend nicht in das Übergangswohnheim zurückgekehrt und hat damit seine Bewährungsauflagen gebrochen. Seit wir diese Nachricht vor zwei Stunden zum ersten Mal gesendet haben, erreichen uns Anrufe und E-Mails von aufgebrachten Investoren, die immer der Ansicht waren, dass Noonan die Beute irgendwo versteckt hat und sich nun auf den Weg gemacht hat, das Versteck aufzusuchen und das rechtmäßige Eigentum der Investoren an sich zu bringen. Für Hinweise, die zur Ergreifung von Noonan führen, ist eine Belohnung von 10000 Dollar ausgesetzt. Wenden Sie sich bitte an die Telefonnummer, die wir einblenden.«

»Der Kerl geht ein großes Risiko ein«, sagte Jack. »Er hat seine Strafe abgesessen, aber wenn sie ihn jetzt erwischen, geht er sofort zurück in den Knast, weil er sich nicht an die Bewährungsauflagen gehalten hat. Er muss das Geld irgendwo versteckt haben und will die zwei oder drei Jahre bis zum Ablauf seiner Bewährungsfrist nicht warten, bevor er sich die Millionen holt. Ich vermute, er wird in null Komma nichts außer Landes sein.«

»Arme Opal«, seufzte Nora. »Wenn sie das hört ... Sie hat immer gesagt, dass das Geld wahrscheinlich irgendwo versteckt ist und dass sie Packy gern in die Finger bekommen würde, um jeden einzelnen Cent aus ihm herauszupressen.«

Regan schüttelte den Kopf. »Es macht mich ganz krank, wenn ich daran denke, wie viele Leute wie Opal da geschädigt wurden, Menschen, deren Leben sich mit Hilfe dieses Geldes von Grund auf hätte verändern können. Solange Packy im Gefängnis war, konnten sie sich wenigstens mit dem Gedanken trösten, dass es ihm schlecht ging. Aber jetzt müssen sie sich auch noch mit der Vorstellung herumschlagen, dass er mit ihrem Geld in Saus und Braus lebt und ihnen eine lange Nase dreht.«

»Hab ich's euch nicht gesagt«, warf Luke ein. »Jetzt sind wir alle kurz vor dem Zubettgehen noch mal so richtig schön auf Hundertachtzig.«

Obwohl die Situation wirklich nicht komisch war, mussten sie alle lachen. »Du bist furchtbar«, schimpfte Nora. »Ich hoffe bloß, dass Opal sich nicht auch noch die Nachrichten angesehen hat. Sie würde ja kein Auge mehr zutun!«

Ein paar Häuser weiter, in der Hütte, die sie mit Alvirah und Willy teilte, war Opal sofort in Tiefschlaf gefallen, sobald ihr Kopf das Kissen berührt hatte. Sie hatte zwar die Nachrichten über Packys Verschwinden nicht gehört, aber sie träumte trotzdem von ihm. Die Tore eines trostlosen Gefängnisbaus öffneten sich. Packy kam herausgerannt, riesige Kopfkissenbezüge in seinen Armen. Sie wusste, dass das Geld darin war, *ihr* Geld, ihr Lotteriegewinn. Sie wollte ihm nachlaufen, aber ihre Beine wurden bleischwer. Im Traum wurde sie immer aufgeregter. »Warum kann ich meine Beine nicht bewegen?«, fragte sie sich fieberhaft. »Ich muss ihn einholen!« Packy verschwand die Straße hinunter. Verzweifelt schnappte Opal nach Luft und versuchte ihn immer noch einzuholen, als sie erwachte.

»O Gott«, dachte sie, als sie spürte, wie heftig ihr Herz klopfte. Wieder so ein Albtraum über den blöden Packy Noonan. Sie beruhigte sich langsam, aber dabei hatte sie das Gefühl, als gäbe es da noch etwas, was ihr Unterbewusstsein an die Oberfläche bringen wollte. Es fällt mir schon noch ein, dachte sie, als sie die Augen wieder schloss. Es fällt mir schon noch ein.

15

Meine schönen Pläne!«, stöhnte Packy. »Zwölfeinhalb verdammte Jahre habe ich abgesessen, und jede einzelne Minute habe ich davon geträumt, wie es sein wird, wenn ich endlich meinen Baum wiedersehe. Und nun das!«

Vom Rücksitz des Vans lehnte sich Benny nach vorn und steckte den Kopf zwischen Packy und Jo-Jo durch. »Was ist denn so Besonderes an diesem einen Baum?«, fragte er. »Darfst du dir etwas wünschen oder so?«

Es war stockfinstere Nacht, und der Van war das einzige Fahrzeug weit und breit. Packy, Jo-Jo und Benny waren auf dem Weg, um die Lage auf Pickens' Grundstück zu peilen. Packy hatte schon bitter vermutet: »Wie ich die Leute vom Rockefeller Center kenne, haben sie wahrscheinlich eine Wache aufgestellt. Bevor wir da mit dem Tieflader aufkreuzen, sollten wir uns vergewissern, was dort vor sich geht.«

»Benny, kannst du's dir denn nicht an den Fingern abzählen?«, brummte Jo-Jo. »Packy wird wohl was auf dem Baum versteckt haben, und jetzt macht er sich Sorgen, dass er es nicht runterholen kann. Und die Vermutung liegt nahe, dass es sich bei dem, was Packy da auf dem Baum versteckt hat, um unser Geld handelt. Hab ich Recht, Packy?«

»Bingo!«, sagte Packy scharf. »Du solltest dich um die Mitgliedschaft in der Mensa-Gesellschaft bewerben, die würden dich sofort aufnehmen.«

»Was ist die Mensa-Gesellschaft?«, wollte Benny wissen.

»Eine Art Club. Du machst einen Test, und wenn du ihn bestehst, kannst du an Treffen mit anderen Leuten teilnehmen, die ihn auch bestanden haben, und dann könnt ihr euch da gegenseitig beglückwünschen, dass ihr so schlau seid. Einer von diesen Typen war in meinem Zellenblock. Der war so schlau, dass er als Zettel für seinen Banküberfall eines seiner Überweisungsformulare genommen hat, auf dem sein Name stand.«

Packy wusste, dass er Blödsinn redete. Manchmal ging es einfach mit ihm durch, wenn er so nervös wurde. Bleib ruhig, ermahnte er sich selbst. Tief durchatmen. Denk an was Schönes. Er dachte an seine Beute.

Draußen fiel die Temperatur deutlich unter null. Er konnte das leichte Rutschen der Reifen spüren, als der Van über ein vereistes Straßenstück fuhr.

»Ich will eine Antwort«, drängte Jo-Jo weiter. »Unser Geld ist auf diesem Baum versteckt. Aber du warst zwölf Jahre im Knast! Warum hast du die Beute nicht auf einem Schweizer Nummernkonto oder in einem Schließfach untergebracht? Wieso diese Eichhörnchen-Tour?«

Packys Stimme wurde unwillkürlich schrill. »Ich erklär's dir. Und hör bitte genau zu, damit ich nichts wiederholen muss, wir sind nämlich gleich da.« Er trat die Bremse bis zum Anschlag durch, als er ein Reh sah, das aus den Büschen am Straßenrand herauslugte. »Runter von der Straße, Bambi«, murmelte er. Und als hätte es ihn gehört, machte das Reh kehrt und verschwand.

Die Straße beschrieb eine scharfe Rechtskurve. Packy beschleunigte wieder, blieb aber wachsam. Wenn der Baum nun bewacht war, was dann?

»Also, Packy, ich warte!«, sagte Jo-Jo ungeduldig.

Jo-Jo und Benny hatten ein Recht darauf, zu erfahren, was ihnen bevorstand, gab Packy unwillig sich selbst gegenüber zu. »Ihr beide habt bis zum Hals in der Investment-Geschichte mit dringesteckt. Im Unterschied zu mir habt ihr euch aber mit einem fetten Anteil von der Kohle aus dem Staub gemacht und die letzten zwölf Jahre in Brasilien verbracht, während ich das Vergnügen hatte, die Zelle mit einem Vollidioten zu teilen.«

»Wir haben nur zehn Millionen gekriegt«, korrigierte Benny ihn leicht pikiert. »Mindestens siebzig Millionen hast du für dich behalten.«

»Was mir nicht viel nützte, solange ich hinter schwedischen Gardinen saß. Also: Die ganze Zeit, als die hirnlosen Investoren uns noch ihr Geld in den Rachen warfen, habe ich Diamanten gekauft, ungefasste Steine, einige davon zu einem Stückpreis von zwei Millionen.«

»Warum hast du sie uns nicht zur Aufbewahrung gegeben, solange du im Knast warst?«, fragte Benny.

»Weil ich dann jetzt immer noch auf der Madison Avenue stehen und auf euch warten würde.«

»Das ist nicht schön von dir«, sagte Benny kopfschüttelnd. »Also, ich vermute, die Diamanten sind irgendwo da auf dem Baum, hm? Gut, dass Milo noch erwähnt hat, dass der Baum morgen früh gefällt werden soll. Stell dir vor, wir wären womöglich einen Tag zu spät gekommen!«

»Das hilft uns jetzt auch nicht weiter, Benny«, schnitt Jo-Jo seinem Bruder das Wort ab. »Also, Packy, wie bist du auf diesen Baum hier in Vermont gekommen? Du lieber Himmel, New Jersey ist voll mit schönen Bäumen, und man wäre viel näher an der Stadt.«

»Ich habe mal für die Leute gearbeitet, denen das Grundstück gehört«, sagte Packy. »Als ich sechzehn war, hat meine gute alte Mama den Richter irgendwie dazu überredet, mich hierher zu schicken – so eine Art Projekt zur Rettung gefährdeter Jugendlicher.«

»Und was hast du hier gemacht?«, fragte Jo-Jo.

»Bäume gefällt, hauptsächlich fürs Weihnachtsgeschäft. Ich war ziemlich gut, damals habe ich sogar gelernt, wie man mit einem Kran umgeht, um die richtig großen Bäume herauszukriegen, die für die Stadtzentren überall im Land gedacht waren. Na, jedenfalls, als ich das Gefühl hatte, dass unsere nette kleine Investmentfirma auffliegen könnte, habe ich die Diamanten aus dem Schließfach geholt, habe sie in eine Thermosflasche aus Metall gepackt und hier versteckt. Ich habe ja nicht gedacht, dass es dreizehn Jahre dauern würde, bis ich sie holen komme. Die Leute, denen dieses Grundstück gehört, haben den Baum an ihrem Hochzeitstag gepflanzt, vor fünfzig Jahren. Und sie haben geschworen, dass sie ihn niemals fällen würden.«

»Das wäre aber wirklich übel gewesen«, stimmte Benny ihm zu. »Wenn man sich so ansieht, was heutzutage alles so passiert, hätte es leicht sein können ... Weißt du, in unserem alten Stadtviertel haben sie den Ballspielplatz ...«

»Ich will jetzt wirklich keine Geschichten aus eurem alten Stadtviertel hören«, schnitt ihm Packy das Wort ab. »Hier geht es in die Lichtung hinein. Drückt uns die Daumen, ich parke jetzt hier, den Rest des Weges laufen wir.«

»Und wenn sie doch eine Wache aufgestellt haben?«

»Vielleicht muss der Wachmann dann den Rest der Nacht damit zubringen, dass er uns beim Baumfällen zusieht. Jo-Jo, gib mir die Taschenlampe.«

Packy öffnete die Fahrertür und stieg aus dem Van. Sein Blut rauschte ihm dermaßen schnell durch die Adern, dass er den Temperaturunterschied zwischen drinnen und draußen gar nicht bemerkte. Er hielt sich dicht am Wegrand, bereit, sich in die tiefen Schatten zurückzuziehen, sobald er jemanden bei dem Baum sah. Langsam nahm er die letzte Wegbiegung, die Zwillinge dicht hinter sich. Er konnte kaum glauben, was er sah. Der leichte Schneefall gab genug Sicht, um die Szenerie vage wahrnehmen zu können. Packy schaltete die Taschenlampe ein und richtete den Lichtstrahl zu Boden.

Neben dem Baum, seinem Baum, stand ein Tieflader. Ein Kran war bereits in Stellung gebracht worden, und die Stahlseile baumelten daran, bereit, den Baum auf

den Tieflader zu hieven, wenn er gefällt war. Aber von einer Wache war weit und breit nichts zu sehen.
Jo-Jo und Benny waren klug genug, kein Wort zu sagen.
Langsam und vorsichtig näherte sich Packy der Fahrerkabine des Tiefladers und spähte hinein. Niemand zu sehen. Er rüttelte an der Fahrertür, aber sie war abgeschlossen. Unter der Stoßstange, dachte er. Neun von zehn Lastwagenfahrern bewahren unter der Stoßstange einen Ersatzschlüssel auf.
Er fand die Schlüssel und lachte leise. »Das ist ein Geschenk«, sagte er zu den Zwillingen. »Der Tieflader und der Kran warten hier geradezu auf uns. Wir versuchen, in diesem Baum einen Behälter mit Diamanten zu finden, die Millionen von Dollar wert sind. Aber wir müssen zurück zu unserer Farm, um die Holzfällersäge zu holen. Schade eigentlich, dass keiner von euch beiden Hirnamputierten daran gedacht hat, sie hinten in den Van zu legen.«
»Auf dem Tieflader ist eine Kettensäge«, meinte Benny. »Können wir die nicht benutzen?«
»Bist du verrückt geworden? Das Ding weckt doch Tote auf! Ihr beiden werdet mit unserer Säge den Baum in null Komma nichts fällen, während ich den Kran bediene.«
»Ich habe es im Rücken!«, protestierte Benny.
»Hör zu!«, explodierte Packy. »Von deinem Anteil an den achtzig Millionen Dollar kannst du dir so viel Chiropraktiker und Masseure leisten, wie du willst. Und jetzt los, damit wir nicht noch mehr Zeit verlieren.«

16

In der Mitte des riesigen Grundstücks, in seinem Farmhaus aus dem achtzehnten Jahrhundert, fand Lemuel Pickens keinen Schlaf. Normalerweise gingen er und seine Frau Vidya pünktlich um halb zehn ins Bett und schliefen sofort ein. Aber heute Abend hatten sie noch zusammengesessen und in alten Erinnerungen geschwelgt, die mit dem Baum zusammenhingen. Sie hatten das Fotoalbum herausgekramt und sich das Bild angesehen, auf dem sie beide den Baum pflanzten, genau am Tag ihrer Hochzeit vor fünfzig Jahren.

Und damals waren wir schon keine Grünschnäbel mehr, kicherte Lemuel in sich hinein. Vidya war zweiunddreißig, und ich war fünfunddreißig. Zu der Zeit waren wir spät dran mit dem Heiraten. Aber wie sie so richtig sagt: »Lemmy, wir hatten halt unsere Verpflichtungen. Ich musste mich um meine Mutter kümmern, und du hattest deinen Vater. Immer, wenn wir uns sonntags in der Kirche sahen, konnte ich sehen, dass du verliebt in mich warst, und das gefiel mir gut.« Dann starb Viddys Mutter, und zwei Wochen später wurde auch Pa sehr hinfällig, und es dauerte nicht lange, dann war auch er verstorben. Lemuel erinnerte sich daran, als er seiner Frau einen Rippenstoß verpasste. Diese Frau schnarcht wie ein Sägewerksbesitzer, dachte er, aber in diesem Moment drehte sie sich auf die Seite, und das Schnarchen verstummte.

Kinder waren uns nicht vergönnt, aber dieser Baum war fast so etwas wie ein Kind für uns. Lemuels Augen wurden feucht. Wir haben uns so oft an ihm erfreut, an den Ästen, die so gleichmäßig wuchsen, an dem Hauch von Blau, wenn die Sonne auf die Zweige scheint. Er ist ganz sicher der schönste Baum, den ich jemals gesehen habe. Allein die Art und Weise, wie er so ganz allein auf der Lichtung steht ... Wir wollten einfach nichts in seine Nähe pflanzen. Jahrelang haben wir den Boden rund um den Baum gemulcht, haben ihn gehegt und gepflegt, und es hat uns immer so viel Spaß gemacht.

Er drehte sich auf die andere Seite. Als diese Leute hier vor der Tür standen und uns fragten, ob wir diesen Baum für das Rockefeller Center zur Verfügung stellen und fällen lassen würden, hätte ich im ersten Moment am liebsten meine Flinte geholt und sie von meiner Schwelle verjagt. Aber dann hörte ich, dass sie nach meiner Absage zu Wayne Covel hinübergefahren sind, um seine Blaufichte anzusehen. Da habe ich mich dann wirklich aufgeregt.

Viddy und ich brauchten genau zwei Minuten, um die Sache zu besprechen. Wir werden nicht mehr lange hier sein, um auf unseren Baum aufzupassen. Selbst wenn wir in unser Testament hineinschreiben, dass ihn niemand fällen darf, wird es nicht mehr dasselbe sein, wenn wir nicht mehr da sind. Er wird niemandem mehr etwas bedeuten, aber wenn er vor dem Rockefeller Center steht, wird er Tausende und Abertausende von Menschen glücklich machen. Und wenn er nach New York kommt, werden die Schulkinder und die tollen Rockettes ihn dort begrüßen und die Lieder aus dem Film über die Trapp-Familie singen. Was für ein ulkiger Zufall, dass sie damals gerade vorbeikam, als wir ihn pflanzten. Sie wusste, dass wir an diesem Tag heirateten, und sie sang ein österreichisches Hochzeitslied für uns und fotografierte uns neben den Baum. Danach haben wir sie dann dort fotografiert.

Lemuel seufzte. Viddy freut sich so sehr darauf, nach New York zu fahren und unseren Baum zu sehen, wenn er über und über mit Lichtern geschmückt ist. Er wird im ganzen Land im Fernsehen zu sehen sein, und alle werden wissen, dass wir unseren fünfzigsten Hochzeitstag feiern. Man will uns sogar für die *Today Show* interviewen. Viddy ist so aufgeregt deshalb, dass sie sich das Haar in einem dieser verrückten Friseursalons in New York waschen und legen lassen will. Als ich gehört habe, was so was kostet, ist mir fast das Gebiss rausgefallen. Aber Viddy hat mich daran erinnert, dass sie in all den Jahren nur zweimal beim Friseur gewesen ist.

Ich wünschte nur, ich könnte Wayne Covels Gesicht sehen, wenn wir im Fernsehen sind. Er ist stinksauer, weil sie seinen Baum wie eine heiße Kartoffel fallen ließen, als wir herübergerannt kamen, um ihnen zu sagen, dass sie unseren Baum nun doch haben könnten.

Lemuel gab seiner Frau einen zweiten Rippenstoß. Sie macht mehr Lärm als ein Holzfäller, dachte er.

17

Zwanzig Fuß weiter oben traute Wayne Covel seinen eigenen Ohren nicht. Er stand auf einer hohen Leiter, die er an Lemuel Pickens' preisgekrönte Blaufichte gelehnt hatte, die Machete in der Hand, und wollte gerade damit anfangen, Äste abzuhacken. Er hatte den Plan, den Baum so übel zuzurichten, dass die Männer vom Rockefeller Center sich doch noch für seine Fichte entscheiden würden. Er war noch nicht ganz sicher, ob er sich dann sehr zieren würde, aber schließlich und endlich sollten sie seinen schönen Baum natürlich haben.

Today Show, hier komme ich!, dachte er.

Aber nun hörte er von der anderen Seite des Baums Schritte, die sich näherten, und er erkannte, dass er schon seit einigen Minuten im Unterbewusstsein das schwache Geräusch eines Autos gehört hatte. Nun war es zu spät, um noch die Leiter herunterzuklettern und zu flüchten, also entschied er sich, das einzig Mögliche zu tun: Er steckte die Machete zurück in seinen Werkzeuggürtel und stand so still, wie er nur konnte. Vielleicht gehen sie ja schnell wieder weg, hoffte er. Bitte, lass es keine Wachen sein, die die ganze Nacht hier bleiben.

Was mache ich hier?, fragte er sich entsetzt. Ich bin ein Verbrecher! Lem Pickens wird sofort wissen, was ich hier vorhabe. Ich bin erledigt.

Wayne konnte hören, wie mehrere Männer vor dem Baum stehen blieben und auf der anderen Seite des Baums herumgingen. Sie sprachen über Diamanten, die in dem Baum versteckt waren, Diamanten, die Millionen von Dollar wert waren! Er fiel beinahe von der Leiter, so sehr konzentrierte er sich darauf, jedes Wort zu hören, das sie sprachen.

Die mussten doch verrückt geworden sein! Aber eigentlich machten sie keinen besonders verrückten Eindruck. Also musste es wahr sein: Irgendwo in diesem Baum waren Diamanten versteckt, in einer metallenen Thermosflasche, und diese Kerle da unten wollten den Baum stehlen, um an die Diamanten zu kommen.

Wayne war inzwischen wie gelähmt vor Schreck. Das da unten waren ganz offensichtlich keine besonders netten Kerle. Konnte er hier verschwinden, ohne von ihnen gesehen zu werden? Wenn sie ihn entdeckten, wussten sie sofort, dass er sie belauscht hatte. Und was dann? Er wagte gar nicht daran zu denken, was sie dann mit ihm machen würden.

»Wir müssen zurück zu unserer Farm, um die Holzfällersäge zu holen«, sagte einer von den Männern in verärgertem Ton. »Schade eigentlich, dass keiner von euch beiden Hirnamputierten daran gedacht hat, sie hinten in den Van zu legen.«

Gott sei Dank!, wollte Wayne am liebsten rufen. Sie fahren noch mal weg. So habe ich Zeit genug, hinunterzuklettern und die Polizei zu rufen. Vielleicht gibt es ja eine Belohnung! Ich werde ein Held! Diese Kerle hätten doch keine Diamanten hier in diesem Baum versteckt, wenn sie sie ehrlich erworben hätten, so viel ist sicher.

Er wartete, bis er das Geräusch ihres Wagens nicht mehr hören konnte, griff dann in seinen Werkzeuggürtel, holte die Taschenlampe heraus und schaltete sie ein. Wo konnte hier ein Behälter mit Diamanten versteckt sein? Er musste außen an einem Ast oder am Stamm befestigt sein. Die Äste waren nicht dick genug, um einen Behälter darin zu verstecken, und wenn man ein Loch in den Stamm bohrte, wurde der Baum nicht mehr richtig mit Nährstoffen versorgt und starb ab.

Wayne beugte sich vor, hob ein paar Äste mit seinen dicken Schutzhandschuhen an und leuchtete mit der Taschenlampe überallhin. Was für ein Blödsinn, dachte er. Das ist wie die Suche nach der Stecknadel im Heuhaufen. Aber vielleicht habe ich Glück und sehe den Behälter. Klar – und ebenso vielleicht wird Boston die World Series gewinnen.

Trotzdem stieg er die Leiter ganz langsam hinunter, eine Stufe nach der anderen, bog vorsichtig die Äste auseinander und leuchtete mit der Taschenlampe dazwischen. Nach drei Stufen traf der Lichtstrahl auf etwas, das auf einem Ast befestigt war, ungefähr auf halbem Weg zwischen dem Stamm und der Leiter.

Das konnte nicht wahr sein – oder doch?

Wayne zog die Machete aus seinem Gürtel und lehnte sich so weit wie möglich in den Baum. Die Nadeln zerkratzten ihm das Gesicht und steckten überall in seinem Schnauzbart, aber er spürte sie kaum. Er konnte mit der Machete nicht weit genug hinüberreichen, um den Ast hinter dem Behälter abzuhacken, oder vielleicht doch?

Wayne stand auf den Zehenspitzen, hackte mit einem einzigen Schlag den Ast zur Hälfte ab, zog die lose Hälfte zu sich hin und stolperte die Leiter hinunter. Unten angekommen, zeigte sich im Lichtkegel seiner Taschenlampe eine metallene Thermosflasche, die mit dünnem Draht an dem Ast befestigt war, Draht, wie man ihn auch für elektrische Zäune brauchte. Vor Aufregung zitterte Wayne am ganzen Leib.

Mit einem weiteren Schlag seiner Machete teilte er den Ast noch einmal, sodass das Stück mit dem Behälter nur noch einen Fuß lang war. Er unterdrückte den Impuls, einen Jubelschrei loszulassen, wie er es zu tun pflegte, wenn die Red Sox einen Run gegen die Yankees schafften. Dann rannte er los. In seiner Eile vergaß er auf dem Boden neben dem Baum die Machete, auf deren Griff sein Name eingeritzt war.

An die Möglichkeit, die Polizei zu rufen, dachte er nicht mehr.

Gottes Wege sind rätselhaft, dachte er, als er Lem Pickens' Grundstück auf schnellstem Wege verließ. Wenn sie meinen Baum genommen hätten, wäre ich vielleicht eine Viertelstunde lang berühmt gewesen, und das war's dann. Aber jetzt – wenn dieses Ding hier wirklich voll Diamanten ist –, bin ich reich, und außerdem verpasst dieser blöde alte Lem seine Chance, ein Star zu werden.

Er wünschte sich nur, dass er morgen früh den Mumm haben würde, hier aufzutauchen und Lems Gesicht zu sehen, wenn er seinen Baum zum letzten Mal besuchte und feststellen musste, dass nur noch der Stumpf vorhanden war. Wayne war wie betrunken vor Freude. Und wie wohl die Gesichter der Kerle aussehen würden, wenn sie feststellten, dass der Ast mit den Diamanten weg war? Nun, er wünschte ihnen viel Glück. Sie machten die Arbeit für ihn. Wenn sie es wirklich schafften, Lems Baum zu fällen, war der seine schon fast auf dem Weg zum Rockefeller Center.

Wayne rannte noch ein wenig schneller durch die Nacht. Ich sollte mein Horoskop überprüfen, dachte er. Wahrscheinlich stehen alle Planeten in einer Linie. Anders kann es gar nicht sein.

18

Im Farmhaus wurde Milo bei seinem Nickerchen auf dem Sofa aufgeschreckt und in die Küche befohlen. Packy hatte eine Teambesprechung einberufen.
»Ich will damit nichts mehr zu tun haben«, protestierte Milo.
»Du steckst doch schon bis zum Hals mit drin«, bellte Packy zurück. »Damit wir uns da richtig verstehen: Wir können nicht zwei Tieflader in die Scheune fahren, und wir können auch nicht einen davon draußen stehen lassen.«
»Es gibt so viele einsame Straßen hier«, bemerkte Benny. »Da können wir doch unseren irgendwo stehen lassen, oder nicht? Obwohl es eigentlich schade drum ist, wir haben ihn günstig bekommen. Nachdem du uns aus dem Knast angewiesen hattest, einen alten Tieflader zu kaufen, sind Jo-Jo und ich bei einer Auktion auf diesen hier gestoßen. Wir waren so stolz, dass wir ihn ersteigert hatten!«
»Benny, bitte!«, schrie Packy auf. »Wenn wir mit meinem Baum hierher zurückkommen, wirst du unseren Tieflader aus der Scheune ziehen, etwa zehn Meilen auf der Route 100 nach Norden fahren und ihn dann irgendwo stehen lassen. Nein, warte noch einen Augenblick! Milo, du fährst den Tieflader. Dich kennen die Leute hier in der Gegend. Niemand kann dir verbieten, mit einem Tieflader herumzufahren. Benny, du folgst ihm mit dem Van und bringst ihn wieder hierher.«
Das wird mir alles zu viel, dachte Milo. Wenn das so weitergeht, werde ich kaum dazu kommen, mein Geld auszugeben. Aber er entschied sich, nicht zu protestieren. Er steckte tatsächlich schon viel zu tief mit drin, und er hatte sich noch nie in seinem Leben auch nur annähernd so miserabel gefühlt.

»Gut, dann ist das so entschieden«, sagte Packy kurz angebunden. »Milo, nun sieh mich doch nicht so beunruhigt an! Wir verschwinden sehr bald aus deinem Leben, versprochen.« Er warf einen Blick auf die Zwillinge. »So, und jetzt kommt, ihr zwei. Wir haben nicht viel Zeit.«

Als sie zurück zu dem Baum kamen, hatte der leichte Schneefall aufgehört, und zwischen den Wolken waren ein paar Sterne auszumachen. Auf eine Weise war Packy froh, sie zu sehen, denn so brauchte er seine Taschenlampe nur auf niedrigster Stufe anzuschalten, um Jo-Jo und Benny an die Stelle zu dirigieren, wo sie sägen sollten.

Der Kran des Rockefeller Centers stand schon in der richtigen Position, um den Baum aufzufangen, wenn er fiel. Die Stahlseile waren bereits angebracht, damit der Baum nicht in die falsche Richtung fiel, weg von dem Tieflader.

Ich muss verrückt gewesen sein, zu glauben, dass ich diesen Riesenbaum fällen könnte und einfach so auf den Tieflader bringen würde, dachte Packy. Ich habe auch nicht daran gedacht, dass die untersten Äste eines so großen Baumes eingebunden werden müssen. Und zugegeben – es war eine Schnapsidee, die Diamanten überhaupt in einem Baum zu verstecken. Aber die Jungs vom Rockefeller Center haben alles für mich arrangiert. Wie tröstlich, solche Freunde zu haben!

Jo-jo und Benny stellten sich zu beiden Seiten des Baums auf, jeder ein Ende der Säge in den Händen.

»Also«, kommandierte Packy. »So müsst ihr das machen: Benny, du schiebst, wenn Jo-Jo zieht. Dann schiebt Jo-Jo, und Benny zieht.«

»Und dann schiebe ich, während Jo-Jo zieht«, bestätigte Benny, »und Jo-Jo schiebt, und ich ziehe. Richtig, Packy?«

Packy hätte am liebsten laut losgebrüllt. »Ja, richtig. Fangt bloß endlich an! Tut es, bitte! Und beeilt euch bitte!«

Es war zwar eine Handsäge, aber der Lärm, den sie verursachte, schien durch die Wälder zu hallen. Packy saß auf dem Kran und deutete mit dem Lichtstrahl des Scheinwerfers auf das untere Ende des Baumes. Für einen Augenblick traf der Lichtstrahl den hinteren Teil des Baumes, wo, wie er wusste, der Behälter mit den Diamanten versteckt war. In dem schwachen Licht konnte er eine Leiter sehen, die vorher nicht sichtbar gewesen war, und dann bemerkte er ein Aststück, das auf dem Boden lag. Allmählich machte sich ein unruhiges Gefühl in ihm breit. Er deutete mit dem Licht wieder auf die Zwillinge, die die Säge abwechselnd zogen und schoben.

Zehn Minuten vergingen. Fünfzehn.

»Beeilt euch«, drängte Packy. »Beeilt euch doch!«

»Wir machen doch schon, so schnell wir können«, keuchte Benny. »Wir sind ja gleich durch. Wir sind fast – Timber!«, brüllte er.

Sie hatten den Stamm durchgesägt. Für einen Augenblick wankte er, und dann wurde der riesige Baum, von Packy mit Hilfe des Krans geführt, durch die Stahlseile gehalten und in einer geraden Linie auf den Tieflader befördert. Packy lief der Schweiß in Strömen übers Gesicht. Wie kommt es nur, dass ich immer noch weiß, wie das geht?, fragte er sich. Er löste die Stahlseile, kletterte von dem Kran und stürzte sich auf den Fahrersitz des Tiefladers. »Benny, steig hier vorn bei mir ein. Jo-Jo, du folgst uns mit dem Van wie eine Eskorte. Jetzt brauchen wir eigentlich nur noch ein bisschen Glück …«

Grauenhaft langsam brachte er den Tieflader aus der Lichtung und auf den Feldweg, der zum Land der Pickens' führte. Er fuhr östlich an dem Grundstück vorbei, bog auf die Route 108 ab und fuhr endlich die Mountain Road hinauf.

Ein paar Wagen kamen ihnen auf der 108 entgegen, und sie konnten nur hoffen, dass die Insassen zu müde oder zu gleichgültig waren, um zu begreifen, was hier vor sich ging. »Manchmal werden große Bäume wie dieser hier bei Nacht transportiert, um einen Verkehrsstau zu vermeiden«, sagte Packy mehr zu sich selbst als zu Benny. »Das denken diese Vögel da draußen wahrscheinlich auch von uns, wenn sie überhaupt irgendetwas denken.«

Eine Sache beunruhigte ihn viel mehr als die Frage, wie sie ungesehen zurück in die gemietete Scheune kommen sollten, und das war der Ast, der auf dem Boden gelegen hatte, genau unterhalb der Stelle, wo er die Thermosflasche mit den Diamanten versteckt hatte. Die entsprechende Seite des Baums lag jetzt oben auf dem Tieflader. Er konnte es kaum erwarten, mit der Suche zu beginnen.

Punkt drei Uhr kamen sie bei dem Bauernhaus an. Benny sprang aus der Fahrerkabine, rannte zur Scheune und öffnete das Tor. Er fuhr ihren Tieflader rückwärts hinaus, wobei er einen ohrenbetäubenden Lärm veranstaltete, als er auch noch die letzten Pferdeboxen zersplittern ließ. Milo kam eilig aus dem Haus und übernahm das Steuer des Tiefladers von Benny. Als Benny mit dem Van an Packy vorbeifuhr winkte er, lächelte und hupte ganz leicht. Packy stöhnte nur, während er den Tieflader mit dem Baum in die Scheune rangierte. Als er ausstieg, war Jo-Jo schon dabei, das Scheunentor zu schließen.

»Jetzt werde ich nach der roten Linie suchen, die ich um den Stamm gemalt habe, um zu markieren, in welcher Höhe der Behälter mit den Diamanten befestigt ist. Und dann sind wir sozusagen schon auf dem Weg nach Brasilien. Wenn es stimmt, was ich ausgerechnet habe, müsste die Linie jetzt etwa vierzig Fuß über dem Boden sein.«

Jo-Jo zog das Bandmaß aus der Tasche, das Packy bestellt hatte, und gemeinsam begannen sie, den Baum abzumessen. Packy bekam einen trockenen Hals, als er sah, dass in einer Höhe von etwa zwanzig Fuß ein Ast abgebrochen war. Konnte das der Ast sein, dessen Bruchstück auf der Erde gelegen hatte?, fragte er sich. Ohne noch auf die spitzen Nadeln zu achten, zog er den Rest des Astes zurück und schrie dann auf, als ihm ein abgerissenes Stück Draht in den Finger stach. Im Licht seiner Taschenlampe sah er am Stamm den roten Kreis, genau an der Stelle, wo der Ast abgerissen war. Aber von seiner Thermosflasche war keine Spur zu sehen, wenn man von den Überresten des Drahtes absah, mit dem er sie so sorgfältig befestigt hatte.

»Verdammt!«, brüllte er. »Ich verstehe das nicht! Ich dachte, der Ast müsste inzwischen viel höher sein. Wir müssen noch mal zurück! Die Diamanten müssen an dem Ast hängen, der neben der Leiter auf dem Boden lag.«

»Wir können aber mit dem Tieflader hier nicht wieder raus! Wir müssen warten, bis Benny und Milo mit dem Van zurück sind«, gab Jo-Jo zu bedenken.

»Was ist mit Milos Karre?«, brüllte Packy.

»Die Schlüssel hat er immer in seiner Manteltasche«, antwortete Jo-Jo. Zum dritten Mal an diesem Tag dachte er, dass er besser in Brasilien geblieben wäre und Packy in diesem elenden Diner hätte Salate servieren lassen sollen.

19

Lem Pickens wachte immer wieder auf. Er träumte schlecht. Er wusste gar nicht, warum, aber die ganze Zeit machte er sich Sorgen, dass irgendetwas schief gehen könnte, dass er vielleicht doch einen Fehler gemacht hatte, als er den Baum zur Verfügung gestellt hatte.

Das ist ganz normal, sagte er sich immer wieder. Ganz normal. Er hatte irgendwo in einem Buch gelesen, dass alle umwälzenden Ereignisse in unserem Leben Angst und Befürchtungen hervorrufen. Offenbar gilt das nicht für Viddy, dachte er, während er seiner tief schlafenden Frau beim Schnarchen zuhörte. Das Geräusch, das sie jetzt gerade macht, ist irgendwo zwischen einem Presslufthammer und einer Kettensäge anzusiedeln.

Lem versuchte, an etwas Angenehmes zu denken, um seine Ängste zu besänftigen. Stell dir nur vor, wenn sie den Schalter umlegen und unser Baum im Rockefeller Center mit mehr als dreißigtausend bunten Lichtern erstrahlt. Stell dir das nur mal vor!

Er wusste, warum er sich Sorgen machte. Es würde wehtun, dabei zuzusehen, wie der Baum tatsächlich gefällt wurde. Er fragte sich, ob der Baum wohl auch Angst davor hatte. In diesem Augenblick fasste er einen Entschluss: Ich werde Viddy extra früh wecken, und wir werden nur eine Tasse Kaffee trinken und dann hinausgehen und noch ein bisschen bei unserem Baum sitzen und uns anständig von ihm verabschieden.

Der Gedanke beruhigte ihn, und mit einem einigermaßen zufriedenen Gefühl schloss Lem die Augen und glitt wieder zurück in den Schlaf. Ein paar Minuten später war auch von seiner Seite des Bettes ein ordentlicher Lärm zu hören, wenn auch keine ernsthafte Konkurrenz für Viddy, die als Olympiateilnehmerin im Schnarchen der Damen gute Chancen gehabt hätte, wenn jemand auf die Idee gekommen wäre, den Wettbewerb endlich ins Programm aufzunehmen.

Während die beiden selig und süß schlummerten, saß Packy Noonan in Tränen aufgelöst auf dem Stumpf ihres geliebten Baumes, eine Machete in der einen Hand und seine Taschenlampe in der anderen. Der Lichtstrahl deutete auf den Namen, der auf dem Griff des Messers zu lesen war: Wayne Covel.

20

Wayne Covel keuchte, als er endlich an seiner Hintertür ankam, Lems Aststück mit der daran festgebundenen Thermosflasche in seiner Hand. Er legte den Ast auf seinen schmutzigen Küchentisch, goss sich ein großes Glas Whiskey ein, um seine Nerven zu beruhigen, und zog dann den Seitenschneider aus seinem Werkzeuggürtel. Mit zitternden Fingern durchtrennte er den Draht, der die Flasche an dem Ast festhielt, und bekam sie endlich frei.

Da drin muss etwas Gutes sein, dachte er, während er einen Schluck Whiskey nahm. Die Thermosflasche schien geradezu versiegelt zu sein, so viel Schmutz klebte daran, als er versuchte, sie aufzuschrauben. Er ging hinüber zum Spülstein und drehte den Wasserhahn auf. Zuerst hörte man nur ein müdes Stöhnen aus der Wasserleitung, dann ein leises Tröpfeln von Wasser, das allmählich wärmer wurde. Er hielt den Behälter unter den schwachen Wasserstrahl, bis der meiste Schmutz abgewaschen war. Selbst dann musste er noch kräftig zupacken, um den Deckel zu lösen.

Er schnappte sich eines seiner fettstrotzenden Geschirrtücher und eilte zurück zum Tisch, um es dort auszubreiten. Dann setzte er sich und begann langsam, geradezu ehrfürchtig, den Inhalt auf den krähenden Hahn zu schütten, der in der Mitte des zerschlissenen Tuchs zu sehen war. Als er den Schatz sah, der sich vor seinen Augen auftürmte, gingen ihm fast die Augen über. Die Männer hatten keinen Unsinn erzählt – das waren tatsächlich Diamanten, einige so groß wie die Augen einer Eule, einige von einer wunderschönen goldenen Farbe, einige bläulich gefärbt, und einer war tatsächlich so groß wie das Ei eines Rotkehlchens. Er bekam ihn gar nicht ohne Schütteln durch den Hals der

Flasche. Sein Herz schlug so schnell, dass er einen weiteren großen Schluck Whiskey brauchte. Es war einfach unglaublich.

Hab ich ein Glück, dass Lorna mich letztes Jahr verlassen hat, dachte er. Sie hat gesagt, acht Jahre mit mir wären genug. Acht Jahre mit *ihr,* das hat wirklich gereicht. Das ewige Genörgel! Ich war nur zu gutmütig, um sie endlich mit einem Tritt in den Hintern aus dem Haus zu befördern. Sie war nach Burlington gezogen, eine Dreiviertelstunde von Stowe entfernt. Dort versuchte sie es jetzt mit Verabredungen übers Internet. Viel Glück, mein Herz, vielleicht findest du ja auf diese Weise den sensiblen Mann, den du immer gesucht hast, dachte er.

Er hob eine Hand voll Diamanten hoch, ohne sein Glück recht fassen zu können. Wenn ich herausgefunden habe, wie man einen Teil dieses seltsamen Zeugs zu Geld macht, dann werde ich vielleicht eine Erste-Klasse-Reise unternehmen und Lorna eine Karte schicken, auf der ich ihr erzähle, wie gut es mir geht und wie sehr ich mir *nicht* wünsche, dass sie dabei wäre.

Zufrieden mit dem Gedanken, Lorna ein Schnippchen zu schlagen, beschäftigte sich Wayne zunächst mit den nahe liegenden Angelegenheiten. Sobald Lem herausfindet, dass der Baum weg ist, wird er losplärren, dass ich dahinter stecke. Ich weiß, dass ich mir mit den Nadeln das Gesicht zerkratzt habe, also muss ich mir eine Ausrede überlegen, wie das geschehen konnte. Ich kann natürlich immer sagen, dass ich einen meiner Bäume beschnitten habe und dabei gestürzt bin, entschied er. Wenn er sich überhaupt um etwas kümmerte, dann um die Pflege der Bäume, die er noch nicht verkauft hatte.

Das nächste Problem bestand darin, die Diamanten gut zu verstecken. Er füllte sie zurück in die Flasche. Sie werden mich verdächtigen, dass ich den Baum gefällt habe, also muss ich sehr, sehr vorsichtig sein, dachte er. Ich kann die Diamanten unmöglich hier im Haus behalten. Wenn die Bullen das Haus durchsuchen, finden sie am Ende noch die Steine, wie ich mein Glück kenne.

Vielleicht sollte ich einfach das tun, was die Gangster da draußen bei dem Baum auch gemacht haben. Ich werde ihn in einem meiner Bäume verstecken, bis sich hier alles beruhigt hat und ich in Ruhe in die Stadt fahren kann.

Wayne umwickelte die Flasche mit braunem Isolierband und suchte dann in den Küchenschubladen nach dem Draht, den Lorna irgendwann mitgebracht hatte, um Bilder aufzuhängen – ein vergeblicher Versuch, das Haus zu verschönern. Fünf Minuten später kletterte er in die alte Ulme in seinem Vorgarten, wo er nach dem Muster der Gangster die Diamanten zurück in die Obhut von Mutter Natur gab.

21

Opal konnte nicht mehr richtig schlafen, seit sie aus einem Albtraum erwacht war, in dem Packy die Hauptrolle gespielt hatte. Sie wachte immer wieder auf und sah auf die Uhr: zwei Uhr nachts, halb vier, halb fünf …

Der Albtraum war wirklich schlimm gewesen und hatte all den Zorn und den Hass an die Oberfläche gebracht, den sie gegen Packy Noonan und seine Komplizen empfand. Sie hatte versucht, darüber zu lachen, aber es war einfach eine Beleidigung aller Opfer gewesen, als Packy gesagt hatte, er würde zehn Prozent seiner Einkünfte in dem Diner dafür spenden, die Schulden zurückzuzahlen.

Er führt uns schon wieder an der Nase herum, dachte sie.

Die Berichterstattung über seine Entlassung ging ihr nicht aus dem Kopf. Auf einem Sender hatten sie kurz über den Betrugsskandal berichtet und Packy mit diesen beiden Idioten gezeigt, Benjamin und Giuseppe Como, besser bekannt als Benny und Jo-Jo. Opal erinnerte sich, wie sie an einem Konferenztisch gesessen hatte, die drei ihr gegenüber, und wie man sie gedrängt hatte, mehr Geld zu investieren. Benny war aufgestanden, um sich noch etwas Kaffee einzuschenken. Er bewegte sich so träge, als hätte er Blei im Hosenboden, wie meine Mutter zu sagen pflegte.

Das ist es!, dachte Opal. Sie setzte sich im Bett auf und schaltete das Licht an. Plötzlich war es ihr klar geworden: Der Mann, den sie gesehen hatte, wie er die Skier auf dem Dachgepäckträger des Vans befestigte, als sie gestern auf Langlaufskiern an der Farm vorbeigekommen war – dieser Mann hatte sie an Benny erinnert.

Die Gruppe, mit der sie am Samstagnachmittag unterwegs gewesen war, war der Kursleiterin gefolgt, aber in der Loipe waren so viele langsame Läufer gewesen, dass sie den Kurs ein Stück querfeldein geführt hatte. »Mal sehen, ob wir so an ihnen vorbeikommen«, hatte sie gesagt. So liefen sie durch den Wald und kamen an einer heruntergekommenen alten Farm vorbei.

Da ist mir der Schnürsenkel gerissen, erinnerte sich Opal, und ich saß auf einem Stein, immer noch im Wald, aber schon näher an der Farm. Vor dem Haus war ein Mann dabei, Skier auf einem Van zu befestigen. Er kam mir bekannt vor, aber dann rief jemand nach ihm, und er ging weg. Obwohl er sich offensichtlich beeilte, sah er unglaublich träge aus, als er ins Haus zurückging.

Er war klein und stämmig gebaut. Und er hatte diesen trägen Gang. Jetzt könnte ich schwören, dass es Benny Como war.

Aber das ist unmöglich, rief sich Opal zur Ordnung, während ihre Gedanken sich überschlugen. Was sollte Benny Como hier wollen? Der Staatsanwalt, der seinerzeit die Anklage gegen die Comos geführt hatte, war sicher gewesen, dass sie außer Landes gegangen waren. Was sollte Benny also hier in Vermont?

Sie hielt es im Bett nicht mehr aus. Opal stand auf, zog ihren Morgenrock an und ging hinunter. Der Wohnraum war groß und offen, mit Holzbalken an der Decke, einem gemauerten offenen Kamin und großen Fenstern, durch die man eine wunderbare Aussicht auf die Berge hatte. Der Küchenbereich lag zwei Stufen höher als der Rest des Raums und war durch eine Frühstücksbar abgetrennt.

Opal machte sich Kaffee, goss sich eine Tasse ein und stand am Fenster, während sie einen Schluck von der speziellen Vermonter Mischung trank. Aber sie nahm den Geschmack kaum wahr. Den Blick fest auf die wunderbare Landschaft gerichtet, fragte sie sich, ob

Benny vielleicht immer noch da draußen auf der Farm war.

Alvirah und Willy werden noch ein paar Stunden schlafen, dachte sie. Ich könnte mir die Skier schnappen und hinüber zu der Farm laufen. Wenn der Van draußen steht, schreibe ich mir das Kennzeichen auf, dann kann Jack Reilly für mich herausfinden, wer der Besitzer des Wagens ist. Das macht er sicher.

Ansonsten werden wir heute nichts anderes tun als zusehen, wie der Baum fürs Rockefeller Center gefällt wird, dann werden wir Alvirahs Ahornbaum besuchen und nach Hause fahren. Und ich werde mich für den Rest meines Lebens fragen, ob der Mann nicht vielleicht Benny war und ob ich nicht vielleicht die Chance verpasst habe, ihn hinter Gitter zu bringen.

Das werde ich nicht zulassen, entschied Opal. Sie ging nach oben, kleidete sich schnell an und zog einen dicken Pullover unter die Skijacke, die sie sich im Laden des Hotels gekauft hatte. Als sie vor die Tür trat, bemerkte sie, dass der Himmel bedeckt war, und fühlte die feuchtkalte Luft. Da kommt noch mehr Schnee, dachte sie. All die hartgesottenen Skifahrer müssen überglücklich sein, so früh im Jahr so viel Schnee zu haben.

Ich habe einen ganz guten Orientierungssinn, sagte sie sich, als sie in die Skibindung trat und vor ihrem geistigen Auge den Weg zu der Farm abging. Ich werde keine Schwierigkeiten haben, das Haus wieder zu finden.

Sie stieß sich mit ihren Stöcken ab und lief über das Feld. Es ist so ruhig und friedlich, dachte sie. Obwohl sie kaum geschlafen hatte, fühlte sie sich wach und aufmerksam. Vielleicht ist es ja albern, gab sie vor sich selbst zu, aber ich ertrage den Gedanken nicht, dass ich womöglich eine Chance verpasst habe, diese Verbrecher zu erwischen und in Handschellen zu sehen.

Am besten auch noch Fußeisen, setzte sie hinzu. Das würde mir gut gefallen.
Mit stetigen Schritten bewegte sie sich bergauf. Ich kann das richtig gut, dachte sie mit einem gewissen Stolz. Wartet nur, bis ich beim Frühstück Alvirah erzähle, was ich heute früh gemacht habe. Sie wird wahrscheinlich böse sein, dass ich sie nicht geweckt und mitgenommen habe.
Eine halbe Stunde später war Opal schon in dem Waldstück unweit der Farm. Jetzt muss ich vorsichtig sein, erinnerte sie sich. Auf dem Land stehen die Leute früh auf, nicht wie manche meiner Nachbarn in der Stadt, deren Rollläden vor Mittag nie hochgezogen werden.
Aber rund um die Farm war kein Mensch zu sehen. Der Van stand genau vor der Tür. Noch ein bisschen näher, und sie hätten ihn auch gleich im Wohnzimmer parken können, dachte Opal. Sie wartete zwanzig Minuten und beobachtete das Haus. Aber sie sah niemanden, der hinausging, beispielsweise um die Kühe zu melken oder die Hühner zu füttern. Ich frage mich, ob sie wohl Tiere in der Scheune haben, dachte sie. Die Scheune ist wirklich riesig. Sieht aus, als könnten alle Tiere aus Noahs Arche hineinpassen.
Sie lief nach links, um einen Blick auf das Kennzeichen des Vans zu werfen. Es war aus Vermont, aber von ihrem Standort aus konnte sie die Zahlen unmöglich erkennen. Sie musste das Risiko eingehen und näher herangehen.
Opal atmete tief durch, bewegte sich aus dem Wald und auf die Lichtung und blieb erst ein paar Schritte vor dem Van stehen. Ich muss hier schnell wieder weg, dachte sie. Jetzt war sie wirklich nervös, und sie murmelte die Zahlen- und Buchstabenkombination immer wieder vor sich hin. »BEM 360, BEM 360«, wiederholte sie. »Ich schreibe es auf, wenn ich außer Sichtweite bin.«

Im Haus, an eben demselben Tisch, wo nur einige Stunden zuvor fröhliche Geselligkeit geherrscht hatte, saßen drei verkaterte, müde und zornige Gangster und versuchten einen Plan zu fassen, wie sie die Diamanten zurückbekommen konnten, ihre Garantie für ein gutes Leben. Die Machete mit Wayne Covels Namen darauf lag mitten auf dem Tisch, das örtliche Telefonbuch aufgeschlagen daneben, und Covels Name und Telefonnummer war mit einem Rotstift eingekreist. Dummerweise war Covels Adresse nicht angegeben.

Milo hatte schon die zweite Kanne Kaffee gekocht und zwei Türme mit Pancakes, Bacon und Wurst gebraten. Packy und die Zwillinge hatten das Frühstück verschlungen, aber jetzt ignorierten sie seinen fröhlichen Vorschlag: »Na, noch einen Stapel Pfannkuchen für Jungs, die noch wachsen?«

Alle drei saßen am Tisch und warfen böse Blicke auf Covels Machete.

Ach, ich frage nicht lange, dachte Milo und gab frischen Teig in die Pfanne. Das Pech, das sie diese Nacht gehabt hatten, hatte ihren Appetit offenbar nicht angegriffen.

»Milo, vergiss die Küchenchef-Allüren«, sagte Packy. »Setz dich. Es gibt was für dich zu tun.«

Milo gehorchte. Er wollte die Gasflamme unter der Pfanne mit den Pancakes abdrehen, erwischte aber die unter der Pfanne mit dem Speckfett.

»Du bist sicher, dass du weißt, wo dieser elende Covel wohnt?«, fragte Packy in anklagendem Ton.

»Ja, das weiß ich«, bestätigte Milo stolz. »Es steht auf der zweiten Seite dieses Artikels über den Baum. Da schreiben sie, wie ungewöhnlich es ist, in einem Staat zwei Bäume zu finden, die beide schön genug für das Rockefeller Center sind, und dann auch noch auf zwei angrenzenden Grundstücken. Jeder weiß, wo Lem Pickens wohnt, und Covels Grundstück ist gleich rechts daneben.«

Benny rümpfte inzwischen die Nase. »Was riecht denn hier so angebrannt?«

Sie blickten alle hinüber zum Herd. Aus der alten gusseisernen Pfanne mit dem Fett schlugen Flammen und Rauch, und daneben wurden die Pfannkuchen schwarz.

»Willst du uns alle umbringen?«, brüllte Packy. »Das stinkt ja zum Himmel!« Er sprang auf. »Ich kriege Asthma, wenn ich Rauch einatme.« Er rannte zur Haustür, drückte sie auf, stürzte hinaus auf die Veranda und erstarrte.

Nur ein paar Fuß von ihm entfernt stand eine Frau, eine Frau auf Langlaufskiern, und stierte auf das Kennzeichen des Vans. Sie warf den Kopf herum, und ihre Augen bohrten sich ineinander. Selbst nach zwölf Jahren erkannten sie sich sofort.

Opal drehte sich um, und in einem vergeblichen Fluchtversuch drückte sie sich kräftig mit den Stöcken ab, aber in der Eile rutschte sie weg und stürzte. Packy war sofort bei ihr, hielt sie fest, die eine Hand über ihrem Mund, ein Knie in ihrem Rücken, und drückte sie herunter. Einen Augenblick später spürte sie, benommen und zu Tode erschrocken, dass sie von mehreren Händen grob gepackt und ins Haus geschleppt wurde.

22

Alvirah erwachte um Viertel nach sieben mit einem Gefühl freudiger Erwartung. »Es fühlt sich an wie der Beginn der Feiertage, nicht wahr, Willy?«, fragte sie. »Ich meine, es ist doch eine tolle Sache, zu sehen, wie der Weihnachtsbaum des Rockefeller Centers in seiner natürlichen Umgebung aussieht, bevor er nach New York kommt.«

Nach vierzig Ehejahren hatte sich Willy einigermaßen an Alvirahs morgendliche Betrachtungen gewöhnt und gelernt, bestätigend zu grunzen, selbst wenn er in Wirklichkeit noch die letzten Minuten Halbschlaf genoss.

Alvirah warf ihm einen scharfen Blick zu. Er hatte die Augen geschlossen und den Kopf tief in die Kissen gedrückt. »Willy, die Welt ist untergegangen, und wir sind beide tot«, sagte sie.

»Hmmmm«, gab Willy zurück. »Wunderbar.«

Es hatte keinen Zweck, ihn jetzt schon zu wecken, beschloss Alvirah.

Sie duschte und zog sich die dunkelgrauen Hosen aus bester Schurwolle an, dazu das grauweiße Twinset, das ebenfalls Baronesse Min für sie ausgesucht hatte. Ein Blick in den großen Spiegel an der Schranktür genügte. Ich sehe gut aus, beschloss sie sachlich. Früher hätte ich dunkelrote Hosen und ein orange-grün gestreiftes Sweatshirt getragen. Und innerlich laufe ich wohl auch immer noch so rum. Willy und ich haben uns nicht wirklich verändert. Wir helfen gern anderen Menschen. Er tut es, indem er Leitungen bei Leuten repariert, die sich keinen Klempner leisten können; ich tue es, indem ich versuche, die Dinge in Ordnung zu bringen, wenn ich sehe, dass Menschen bis zum Hals in Problemen stecken.

Sie ging ein paar Schritte zum Schränkchen, nahm ihre Brosche mit dem Mikrofon in die Hand und befestigte sie an ihrer Jacke. Ich will aufnehmen, was die Leute sagen, wenn der Baum gefällt wird, beschloss sie. Das gibt eine schöne Geschichte für meine Kolumne.

»Schätzchen?«

Alvirah drehte sich um. Willy saß kerzengerade im Bett.

»Hast du gerade irgendwas vom Weltuntergang gesagt?«

»Ja, und ich habe dir auch gesagt, dass wir beide tot sind. Aber mach dir keine Sorgen. Wir sind beide noch am Leben, und sie haben den Weltuntergang abgesagt.«

Willy grinste. »Jetzt bin ich wach, mein Schatz.«

»Ich werde schon mal packen, während du unter die Dusche gehst und dich anziehst«, sagte Alvirah. »Wir sind mit den anderen um halb neun zum Frühstück verabredet. Aus Opals Zimmer habe ich noch keinen Laut gehört, ich werde sie wohl aufwecken müssen.«

Sie und Willy hatten das Schlafzimmer im Erdgeschoss des Häuschens, Opal belegte ein weiteres Schlafzimmer im ersten Stock. Alvirah ging ins Wohnzimmer, nahm den Duft von Kaffee wahr und fand Opals Zettel auf der Frühstückstheke. Warum war Opal schon aufgestanden und draußen unterwegs?, fragte sie sich, während sie eilig die Notiz las.

Liebe Alvirah, lieber Willy,
ich bin früh losgegangen, um noch ein bisschen Langlauf zu üben. Ich muss da was herausfinden. Zum Frühstück bin ich wieder da, halb neun im Hotel.
Bis dahin, viele Grüße,
Opal

Mit wachsender Sorge las Alvirah die Notiz. Opal ist eine gute Langläuferin, aber sie kennt doch nicht alle

Loipen hier, sagte sie sich. Die führen zum Teil in ziemlich entlegene Gegenden. Sie sollte wirklich nicht allein da draußen unterwegs sein. Was war denn bloß so wichtig, dass sie so früh losfahren musste, um es herauszufinden?

Alvirah ging zur Kaffeemaschine und schenkte sich eine Tasse Kaffee ein. Er war ziemlich bitter, als hätte er schon ein paar Stunden auf der Heizplatte gestanden. Sie muss wirklich *sehr* früh aufgebrochen sein, dachte Alvirah.

Während sie auf Willy wartete, der sich anzog, bemerkte sie, wie sie unruhig in die Berge hinausstarrte. Schwere Wolken waren am Himmel aufgezogen, ein grauer Tag. Es gibt so viele Wege da draußen, dachte sie. Man kann sich dort so schrecklich leicht verlaufen. Es war Viertel nach acht. Opal hatte versprochen, um halb neun zum Frühstück wieder zurück zu sein. Es ist albern, sich Sorgen zu machen, entschied Alvirah. In ein paar Minuten werden wir alle schön zusammensitzen und frühstücken.

Willy tauchte aus dem Schlafzimmer auf. Er trug einen der österreichischen Pullover, die er sich im Laden des Hotels gekauft hatte. »Meinst du, ich sollte vielleicht jodeln lernen?«, fragte er. Dann blickte er sich um. »Wo ist denn Opal?«

»Wir treffen sie im Hotel«, antwortete Alvirah. Das hoffe ich jedenfalls, setzte sie in Gedanken hinzu.

23

Regan, Jack, Nora und Luke traten um zwanzig nach acht aus ihrer Hütte und gingen zum Haupthaus.

»Es ist so schön hier«, seufzte Nora. »Warum muss man immer dann nach Hause zurück, wenn man gerade anfängt, sich so richtig schön zu entspannen?«

»Wenn du nicht so viele Vorträge halten würdest, könntest du so relaxt sein wie meine ebenso verehrten wie verblichenen Kunden«, bemerkte Luke trocken.

»Wie kannst du nur so was sagen«, protestierte Regan. »Aber es sieht dir wirklich ähnlich.«

»Ich kann eben schlecht nein sagen, wenn ich irgendwo helfen kann, Geld für einen guten Zweck zu sammeln«, verteidigte sich Nora. »Die Sache morgen ist in dieser Hinsicht besonders lohnend.«

»Ja, natürlich ist sie das, Liebling.«

Jack hatte dem Wortwechsel amüsiert zugehört. Luke und Nora haben so viel Spaß miteinander, dachte er. So wird es auch bei Regan und mir sein, wenn wir lange verheiratet sind. Als er den Arm um sie legte, lächelte sie ihm zu und verdrehte die Augen. »Eine endlose Geschichte«, kommentierte sie.

»Wartet nur, worüber ihr reden werdet, wenn ihr erst mal dreißig Jahre verheiratet seid«, sagte Luke. »Ich garantiere euch, es wird nicht viel spannender sein. Paare neigen nun einmal dazu, immer wieder zu ihrem Lieblingsthema zurückzukehren.«

»Wir werden unser Bestes versuchen, damit es einigermaßen interessant bleibt, Luke«, versprach Jack mit einem Lächeln. »Im Übrigen finde ich euch beide wirklich nicht langweilig.«

»Manchmal ist ein bisschen Langeweile gar nicht so übel«, bemerkte Nora, als Luke die Tür zum Hotel öffnete. »Vor allem, wenn ich weiß, dass Regan sich bei dem Fall, an dem sie arbeitet, in Gefahr begibt.«

»Diese Sorge teile ich unbedingt«, bestätigte Jack.

»Deshalb bin ich so froh, dass ihr beide heiratet«, seufzte Nora. »Selbst wenn ihr nicht zusammen seid, habe ich das Gefühl, dass du auf sie aufpasst.«

»Darauf kannst du wetten«, gab Jack zurück.

»Danke ihr Lieben«, bemerkte Regan. »Es ist wirklich sehr ermutigend, zu wissen, dass man ein ganzes Team von Bedenkenträgern hinter sich hat.«

Sie gingen durch die Hotelhalle und betraten den Frühstücksraum. Auf einem langen Tisch war das Frühstücksbüfett aufgebaut.

Die Bedienung begrüßte sie freundlich. »Ihr Tisch ist schon fertig, aber Ihre Freunde sind noch nicht da.« Sie nahm die Speisekarten und brachte sie an ihren Tisch. Als sie sich setzten, fragte sie: »Ist es richtig, dass Sie uns heute verlassen?«

»Ja, leider«, antwortete Nora, »aber zuerst werden wir noch zusehen, wie der Baum für das Rockefeller Center gefällt wird.«

»Zu spät.«

»Was?«

»Sie kommen zu spät.«

»Haben sie früher angefangen als geplant?«, wollte Nora wissen.

»Wenn man so will. Lem Pickens ging heute früh um sechs Uhr zu seinem Baum, um sich von ihm zu verabschieden, doch auch er kam zu spät: Der Baum war weg. Irgendjemand muss ihn mitten in der Nacht gefällt haben. Sie haben sogar den Tieflader gestohlen, der den Baum nach New York bringen sollte. Die Leute hier reden seit zwei Stunden von nichts anderem. Einer der Gäste sagte eben, selbst Don Imus bringt die Geschichte schon in seiner Fernsehsendung auf MSNBC.«

»Ich wage kaum, mir vorzustellen, was Imus dazu zu sagen hat«, bemerkte Regan.
»Imus sagt, es müssen betrunkene Witzbolde gewesen sein«, berichtete die Bedienung, während sie die Speisekarten austeilte. »Wer sollte sich sonst die Mühe machen?«
»Mir sieht das eher nach einem Streich von Jugendlichen aus«, tippte Jack.
»Und was wird nun geschehen?«, fragte Nora die Bedienung.
»Wenn sie den Baum nicht im Laufe des Tages finden, werden sie wohl zu Pickens' Nachbar gehen. Der Baum auf seinem Grundstück war die zweite Wahl.«
»Da habt ihr das Motiv«, fiel Jack ein, und er meinte es nur halb im Spaß.
»Das können Sie glauben«, antwortete die Bedienung, die Augen groß vor Aufregung. »Lem Pickens kam heute schon in den Lokalnachrichten und hat ins Mikrofon gebrüllt, dass er seinen Nachbarn verdächtigt.«
»Dafür kann man ihn verklagen«, warnte Regan.
»Ich glaube nicht, dass ihn das großartig kümmert. Oh, sehen Sie, da kommen Ihre Freunde.«
Alvirah und Willy hatten sie entdeckt und traten an ihren Tisch. Regan spürte sofort, dass Alvirahs Lächeln nicht ganz echt war, und ihr Eindruck bestätigte sich, als Alvirah nach einem kurzen »Guten Morgen« fragte: »Ist Opal noch nicht hier?«
»Nein«, antwortete Regan. »Ist sie nicht bei euch?«
»Sie ist heute Morgen losgezogen, um noch ein wenig Langlauf zu üben, und sie hat uns eine Nachricht hinterlassen, sie sei zum Frühstück zurück.«
»Setz dich doch, Alvirah. Ich bin sicher, in ein paar Minuten ist sie bei uns«, sagte Nora tröstend. »Übrigens – ihr glaubt nicht, was hier für Neuigkeiten herumgehen.«
»Was für Neuigkeiten?«, fragte Alvirah neugierig.

Alvirah und Willy setzten sich, und Regan konnte sehen, dass Alvirah bei dem Gedanken an ein bisschen Dorftratsch nun doch etwas aufblühte.

»Irgendjemand hat heute Nacht den Baum für das Rockefeller Center gefällt und ist damit auf und davon.«

»Was?«

»Aber Alvirahs Baum hat keiner geklaut, oder?«, fragte Willy. »Denn wenn das passiert, möchte ich nicht in der Haut des Diebes stecken.«

Alvirah hörte gar nicht richtig hin. »Warum um alles in der Welt sollte jemand sich die Mühe machen, einen Baum zu stehlen? Und wo kann man eine solche Beute bloß verstecken?«

Regan brachte sie schnell auf den neuesten Stand: Der Baum war mitsamt dem Tieflader verschwunden, und der Besitzer des Baumes, Lem Pickens, beschuldigte seinen Nachbarn, die Sache angezettelt zu haben.

»Sobald wir unser Frühstück hinter uns haben, will ich dorthin und mit eigenen Augen sehen, was da los ist«, kündigte Alvirah an. Sie warf einen schnellen Blick auf den Eingang zum Frühstücksraum. »Wenn doch bloß Opal endlich auftauchen würde«, murmelte sie.

Jack nahm einen Schluck von seinem Kaffee, den die Bedienung ihm soeben eingeschenkt hatte. »Hast du eine Ahnung, ob Opal irgendwas von den Nachrichten über Packy Noonan mitgekriegt hat?«

»Was für Nachrichten?«, fragten Alvirah und Willy wie aus einem Munde.

»Er ist gestern nicht in sein Übergangswohnheim zurückgekehrt, hat also bereits am ersten Tag die Bewährungsauflage missachtet.«

»Opal hat immer Stein und Bein geschworen, dass er irgendwo das ganze Geld versteckt hat. Vermutlich ist er mitsamt seiner Beute schon auf dem Weg ins Ausland.«

Alvirah schüttelte den Kopf. »Es ist einfach ekelhaft.« Sie angelte nach dem Brotkorb, betrachtete ihn einge-

hend und entschied sich dann für ein Stück Apfelstrudel. »Ich sollte das nicht tun«, murmelte sie, »aber das Zeug schmeckt einfach zu gut.«
Alvirahs Handtasche stand zu ihren Füßen auf dem Boden. Das plötzliche Klingeln des Handys erschreckte sie so, dass sie zusammenzuckte. »Ich habe ganz vergessen, es abzustellen, bevor ich hierher kam«, entschuldigte sie sich, bückte sich nach ihrer Handtasche und suchte nach dem Telefon. »Männer haben es da leichter. Sie haken die Dinger einfach an ihren Gürtel und können so beim ersten Klingeln drangehen, außer natürlich, wenn sie irgendetwas vorhaben, was die Ehefrau nicht wissen soll ... Hallo ... Ach, hallo, Charley.«
»Das ist Charley Evans, ihr Redakteur beim *New York Globe*«, informierte Willy die anderen. »Ich gehe jede Wette ein, er weiß schon was über den gestohlenen Baum. Manchmal glaube ich, er erfährt von den Dingen, bevor sie überhaupt passieren.«
»Ja, wir haben schon von dem Baum gehört«, sagte Alvirah gerade. »Sobald ich mit dem Frühstück fertig bin, renne ich dorthin, Charley. Eine gute Geschichte, und ich werde alle Einheimischen befragen, natürlich. Fast ein Krimi, oder?« Sie lachte. »Klar würde ich den Fall gern lösen. Ja, Willy und ich können gut noch einen Tag hier bleiben oder auch zwei, um zu sehen, wie die Sache weitergeht. Ich rufe dich in ein paar Stunden wieder an. Ach, übrigens, gibt es was Neues über Packy Noonan? Ich habe erst vor einer Minute erfahren, dass er verschwunden ist. Meine Freundin, die damals bei dem Betrug sehr viel Geld verloren hat, ist mit uns hier.«
Vor den Augen der anderen veränderte sich Alvirahs Gesicht, bis es vollkommene Fassungslosigkeit zeigte. »Er wurde beobachtet, wie er auf der Madison Avenue in einen Van mit Vermonter Kennzeichen stieg?«

Die anderen am Tisch blickten sich ungläubig an. »Ein Kennzeichen von hier«, wiederholte Regan.

»Vielleicht gehört er zu den Kerlen, die den Baum gefällt haben«, schlug Luke vor. »Meine Hauptverdächtigen sind Packy Noonan und George Washington.« Seine Stimme wurde zwei Oktaven tiefer. »Vater, ich kann nicht lügen. Ich habe den Kirschbaum gefällt.«

»Jetzt schlägt der Lokalhistoriker wieder zu«, sagte Regan zu Jack. »Der Unterschied zwischen Packy Noonan und George Washington besteht nur darin, dass Packy es nicht zugeben würde, selbst wenn man ihn mit der Axt in der Hand erwischte.«

»Im Übrigen hat George Washington das nie gesagt«, protestierte Nora. »Diese albernen Geschichten über ihn sind alle nach seinem Tod erfunden worden.«

»Eins scheint mir jedenfalls sicher zu sein: Wer auch immer den Baum geklaut hat, er wird niemals Präsident der Vereinigten Staaten werden«, bemerkte Willy.

»Da wäre ich mir nicht so sicher«, murmelte Luke.

Alvirah klappte ihr Handy zu. »Ich werde den Ton ausschalten und den Vibrationsalarm anlassen. Vielleicht ruft Opal ja an, wenn sie sich verspätet.« Sie legte das Telefon auf den Tisch und fuhr fort: »Ein Priester in der St.-Patrick's-Cathedral hat beobachtet, dass ein Van mit einem Vermonter Kennzeichen vor dem Pfarrhaus auf der Madison Avenue stand. Und dann hat eine Mutter angerufen und angegeben, ihr kleiner Sohn habe einen Mann gesehen, der angerannt kam und in dieses Auto stieg. Und natürlich war Packy dort, er hat sogar für kurze Zeit an der Messe teilgenommen, und der Detektiv, der ihn beschatten sollte, hat erzählt, er habe eine Kerze vor der Statue des heiligen Antonius angezündet.

»Da sollte auch der Detektiv mal eine Kerze anzünden, dann hilft ihm der Heilige vielleicht, Packy wiederzufinden«, schlug Willy vor. »Meine Mutter hat immer zum heiligen Antonius gebetet. Sie hat nämlich ständig ihre Brille verlegt, und mein Vater konnte die Autoschlüssel nie finden.«

»Der heilige Antonius hätte einen wunderbaren Detektiv abgegeben«, kommentierte Regan in dem trockenen Tonfall, der eigentlich Luke vorbehalten war. »Ich sollte eigentlich mal ein Bild von ihm in meinem Büro aufhängen.«

»Wir sollten jetzt vor allen Dingen endlich mal etwas essen«, warf Nora ein.

Während des gesamten Frühstücks behielt Alvirah die Tür im Auge, aber Opal ließ sich nicht blicken. Das Telefon summte in ihrer Hand, als sie den Frühstücksraum verließen. Es war noch mal ihr Herausgeber.

»Alvirah, wir haben gerade noch Hintergrundmaterial über Packy Noonan ausgegraben. Als er so ungefähr sechzehn war, hat er eine Weile in einem Jugendprogramm in Stowe, Vermont, gearbeitet, und zwar hat er da für Lem Pickens Christbäume gefällt. Es muss ja keine Verbindung geben, aber es ist schon komisch, dass er New York ausgerechnet in einem Van mit Vermonter Kennzeichen verlassen hat. Ich kann mir überhaupt nicht vorstellen, warum er sich die Mühe machen sollte, einen Baum zu fällen und verschwinden zu lassen, aber ich dachte mir, vielleicht kannst du etwas mit der Information anfangen, wenn du dort mit den Leuten redest.«

Alvirah wurde immer nervöser. Opal war jetzt eine Stunde überfällig, und die Chancen standen nicht schlecht, dass Packy Noonan sich irgendwo in der Nähe aufhielt. Opal war losgezogen, weil sie irgendetwas herausfinden wollte. Alvirah hatte sich immer auf ihren sechsten Sinn verlassen können, und der sagte ihr nun, dass es da eine Verbindung gab.

Und zwar keine gute.

24

Früh an diesem Morgen, als die Sonne gerade über die Berge stieg, waren Lem und Viddy Hand in Hand über ihr Grundstück gestapft, die Schneeschuhe an den Füßen, um einen letzten Blick auf ihren geliebten Baum zu werfen, bevor er der ganzen Welt gehören sollte.

»Ich weiß, dass es dir schwer fällt«, sagte Lem, und sein Atem war in der eiskalten Luft als Dampfwolke sichtbar. »Aber wir sollten einfach an den Spaß denken, den wir in New York haben werden. Und der Baum ist ja nicht einfach weg, Viddy, stell dir vor, ich habe gelesen, dass sie daraus Späne für die Wanderwege am Appalachian Trail machen, wenn er nach Weihnachten abgebaut wird.«

Viddy ging mit langsamen Schritten neben ihm her und antwortete mit tränenschwerer Stimme: »Eine hübsche Idee, Lem, aber ich glaube, eine Wanderung auf dem Appalachian Trail ist nichts mehr für mich. Die Zeiten sind lange vorbei.«

»Manchmal nehmen sie auch die Stämme, um daraus Hindernisse für das *U.S. Equestrian Center* zu machen.«

»Das muss aber wirklich nicht sein, dass irgendwelche Pferde über meinen Baum springen. Wo ist das *Equestrian Center* überhaupt?«

»Irgendwo in New Jersey.«

»Ach, vergiss es. Diese Reise nach New York wird die letzte Gelegenheit sein, bei der ich einen Koffer packe. Wenn wir von New York nach Hause kommen, kannst du meine Reisetaschen der Kirche spenden.«

Als sie um die Wegbiegung zur Lichtung kamen, blieb ihnen der Mund offen stehen. Wo gestern noch ihr geliebter Baum gestanden hatte – fünfzig Jahre lang! –, war jetzt nur noch ein zersplitterter, etwa einen Fuß hoher Baumstumpf zu sehen. Die Leiter, die die Arbeiter benutzt hatten, als sie den Baum für seine Reise nach New York vorbereitet hatten, lag neben dem Stumpf, und der Kran stand anders als am Abend zuvor.

»Die haben sich heimlich hier hereingeschlichen und den Baum gefällt«, schäumte Lem. »Warte nur, bis ich diese elenden New Yorker in die Finger bekomme! Es war unser Baum, und zwar genau bis zehn Uhr heute Vormittag. Sie haben kein Recht, ihn auch nur eine Minute früher zu fällen.«

Viddy, die immer ein bisschen schneller begriff, was los war, zeigte auf den Kran. »Aber Lemmy, warum sollten sie das denn tun, wo sie doch wissen, dass eine ganze Menge Reporter und Fernsehkameras hier sein werden? Die Leute in New York lieben die Öffentlichkeit. Weißt du noch, was wir darüber gelesen haben?« Der Schreck hatte ihre sentimentale Stimmung nun vollständig vertrieben. »Das macht einfach keinen Sinn.«

Als sie sich dem Baumstumpf näherten, hörten sie das Geräusch eines nahenden Fahrzeugs.

»Vielleicht kommen sie jetzt und holen ihren Kran«, sagte Lem, während sie schützend zu beiden Seiten des Baumstumpfs Aufstellung nahmen. »Ich werde diesen Leuten gehörig die Meinung geigen.«

Ein Mann in den Dreißigern, den Lem gestern schon gesehen hatte, als sie den Baum vorbereitet hatten, kam auf sie zu. Phil Irgendwas war sein Name, erinnerte sich Lem. Sie konnten sehen, wie sich der Schreck langsam auf seinem Gesicht abzeichnete.

»Was ist mit dem Baum geschehen?«, rief er.

»Das wissen Sie nicht?«, explodierte Lem.

»Nein, natürlich weiß ich das nicht! Ich bin früh aufgewacht und habe mir gedacht, ich fahre schon mal zu Ihnen rüber. Die anderen werden um acht Uhr hier sein. Und wo ist unser Tieflader geblieben?«

Viddy rief ihrem Mann zu: »Siehst du, Lem, ich habe dir doch gesagt, das macht keinen Sinn. Die Rockefeller-Leute fällen den Baum doch nicht früher als verabredet! Aber wer kann es dann gewesen sein?«
Ihr Mann richtete sich neben ihr zu seiner vollen Größe auf, die inzwischen auf einszweiundachtzig zusammengeschrumpft war, und zeigte mit einem anklagend ausgestreckten Finger in die Wälder. Dann bellte er: »Das kann nur einer gewesen sein: dieses nichtsnutzige Stinktier Wayne Covel!«

Fast vier Stunden später, als die Meehans und die Reillys am Schauplatz des Geschehens auftauchten, war Lem immer noch davon überzeugt, dass sein Verdacht richtig war, und er ließ keine Gelegenheit aus, das auch lautstark kundzutun. Nachdem sich das Gerücht wie ein Lauffeuer verbreitet hatte, dass sich irgendjemand mit einem drei Tonnen schweren Baum davongemacht hatte, waren statt der erwarteten hundert Zuschauer inzwischen dreihundert Schaulustige auf dem Pickens-Grundstück versammelt. Der Wald wimmelte nur so von Reportern, Kameraleuten und Sprechern der nationalen Fernsehanstalten. Zum Entzücken der versammelten Medienleute war aus dem landesweiten Rührstück eine echte Nachricht für die Titelseite geworden.
Die Meehans und die Reillys bahnten sich ihren Weg bis zu dem leitenden Polizisten, der am Rand der Lichtung so etwas wie einen Kommandoposten bezogen hatte. Alvirah durchsuchte unterdessen mit ihren Blicken die Menge in der Hoffnung, Opal irgendwo zu entdecken – vielleicht war sie ja direkt hierher gekommen, wenn sie sich verspätet hatte.
Jack stellte sich und seine Begleiter dem Polizisten vor und teilte ihm mit, dass Alvirah einen Artikel für eine New Yorker Zeitung schreiben würde. »Können Sie uns auf den neuesten Stand bringen, Chief?«

»Ja, nun, der Baum, der eigentlich in Ihrer Stadt aufgestellt werden sollte, ist allem Anschein nach gestohlen worden. Wir haben auf der Route 100 in der Nähe von Morristown einen Tieflader gefunden, der möglicherweise bei dem Verbrechen eine Rolle gespielt hat. Im Augenblick wird gerade die Zulassung des Fahrzeugs überprüft. Das Rockefeller Center hat zehntausend Dollar Belohnung ausgesetzt, wenn jemand den Baum findet – vorausgesetzt, er ist noch in einem einigermaßen brauchbaren Zustand. Bei dieser umfassenden Berichterstattung«, er deutete auf die Kameras, »sollten wohl sehr viele Menschen bereits auf der Suche nach dem Baum sein.«
»Glauben Sie, dass es Jugendliche gewesen sein könnten?«, fragte Alvirah.
»Das müssten aber ziemlich clevere und fitte Jugendliche gewesen sein«, antwortete der Polizist mit einem skeptischen Blick. »Wissen Sie, man kann nicht einfach hingehen und einen Baum fällen, jedenfalls nicht, wenn er so groß ist wie dieser hier. Aber wer weiß? Am Ende taucht er auf irgendeinem College-Campus auf, voll mit Lametta. Aber ehrlich gesagt, da habe ich meine Zweifel.«
Lem Pickens hatte sich endlich ein wenig beruhigt. Er stand seit vier Stunden auf diesem Fleck, nur einmal hatte er sich kurz wegbewegt, um zwanzig vor sieben nämlich, als er mit der Polizei losgefahren war, um an Wayne Covels Tür zu hämmern. Selbst Lems heiliger Zorn konnte ihn nun aber nicht mehr warm halten. Viddy war schon ein paar Mal zurück ins Haus gegangen, um sich eine Tasse Kaffee zu gönnen und sich ein wenig aufzuwärmen. Nun blieben sie stehen, als sie an dem Polizisten vorbeikamen.
»Chief, hat irgendjemand noch mal mit diesem elenden Baum-Kidnapper Wayne Covel gesprochen?«
»Lem«, begann der Polizist müde, »Sie wissen, dass es

nichts zu besprechen gibt. Wir haben ihn heute früh geradewegs aus dem Bett geholt. Er sagt, er weiß überhaupt nichts. Nur weil Sie denken, dass er verdächtig ist, können wir ihn wohl kaum verhaften.«
»Aber wer sollte es denn sonst gewesen sein?«, fragte Lem.
Bis zu diesem Augenblick war das eine vollkommen rhetorische Frage gewesen, aber nun schaltete sich Alvirah ein: »Mr. Pickens, ich bin Reporterin für den *New York Globe.* Dürfte ich Ihnen eine Frage stellen? Es geht um jemanden, der vor Jahren einmal für Sie gearbeitet hat.«
Lem und Viddy drehten sich um und betrachteten die Gruppe.
»Wer, sagten Sie, sind Sie?«, fragte Lem.
»Wir sind alle aus New York, und vielleicht ist es von Interesse für Sie, dass wir, ich darf wohl sagen, einige Erfahrung darin haben, Verbrechen aufzuklären.« Alvirah stellte reihum alle ihre Freunde den Pickens' vor.
»Ich habe alle Ihre Bücher gelesen, Nora!«, rief Viddy aus. »Kommen Sie doch ins Haus, dann können wir eine schöne Tasse heiße Schokolade trinken und alles besprechen.«
Wunderbar, dachte Alvirah. Ich werde alle meine Fragen über Packy Noonan loswerden, ohne dass wir ständig unterbrochen werden.
»Ja, los, kommen Sie mit«, sagte Lem ein wenig ungeschickt und bestätigte die Einladung mit einem Winken seiner sehnigen Hand.
Alvirah drehte sich zu dem Polizisten um. »Meine Freundin ist heute sehr früh zum Langlaufen gestartet, und sie hätte eigentlich zum Frühstück wieder bei uns sein sollen. Allmählich mache ich mir Sorgen um sie.«
Willy unterbrach sie. »Schätzchen, ich bin sicher, es geht ihr gut. Ich werde hier bleiben und warten, denn

sie muss ja hier vorbeikommen. Wir treffen uns entweder im Haus oder hier.«

»Macht es dir wirklich nichts aus?«

»Nein, hier wird es ja nicht langweilig. Vielleicht solltest du mir deine Brosche dalassen.«

Alvirah lächelte. »So weit kommt's noch.« Sie beeilte sich, zu den anderen aufzuschließen, die den Pickens' zum Haus folgten.

25

Opal war ohnmächtig geworden, als man sie ins Haus gezerrt hatte. Die Männer legten sie auf das alte Sofa im Wohnraum, wo sie sofort wieder zu sich kam, aber schnell beschloss, dass es besser war, weiterhin so zu tun, als wäre sie bewusstlos. Irgendwann würde sie schon einen Plan fassen, wie sie weiter vorgehen sollte. Das Haus stank erbärmlich nach verbranntem Fett, und sämtliche Fenster und Türen waren geöffnet in dem offensichtlichen Versuch, den Gestank zu vertreiben. Der kalte Luftzug ließ Opal frösteln. Durch ihre halb geschlossenen Lider konnte sie sehen, dass Benny und Jo-Jo die beiden Männer gewesen waren, die sie gemeinsam mit Packy hereingeschleppt hatten.

Die ganze Verbrecherbande glücklich vereint!, dachte sie wütend. Der liebe Gott hat die Zwillinge wirklich nicht mit einem ansprechenden Äußeren gesegnet, so viel ist sicher. Ich konnte mich noch an Bennys schleppenden Gang erinnern, und was habe ich jetzt davon? Ich hätte Alvirah eine Nachricht hinterlassen sollen, wohin ich gehe und was ich vorhabe.

Der nächste Gedanke ließ ihr kalte Schauer über den Rücken laufen: Was werden sie mit mir anstellen?

»Du kannst die Fenster jetzt zumachen«, bellte Packy. »Es ist schweinekalt hier drin.« Er trat an das Sofa und warf einen Blick auf Opal, dann begann er ihre Wange zu tätscheln. »Na los, komm zu dir, dir fehlt doch nichts.«

Erschrocken und angewidert von der Berührung schlug Opal die Augen auf. »Lassen Sie Ihre Finger weg von mir, Packy Noonan, Sie widerwärtiger, elender Dieb!«

»Scheint so, als wärst du schon wieder ganz gut bei dir«,

grunzte Packy. »Jo-Jo, Benny, bringt sie in die Küche und bindet sie an einem Stuhl fest. Ich will nicht, dass sie abhaut.«

Die Langlaufskier lagen auf dem Boden. Die Zwillinge brachten Opal in die Küche, wo Milo mit zitternden Händen eine weitere Kanne Kaffee braute und fieberhaft darüber nachdachte, wie viele Jahre man wohl für Entführung und Freiheitsberaubung bekam. Die Küchenfenster standen noch offen. Der widerliche Gestank von Speckfett und verkohlten Pancakes in Verbindung mit der kalten Luft machte alles nur noch schlimmer.

Opal sah Milo an. »Sind Sie hier der Koch vom Partyservice? Ich habe den Eindruck, als könnten Sie noch ein paar Tipps brauchen.«

»Ich bin Dichter«, antwortete Milo unglücklich.

Benny und Jo-Jo begannen damit, ein Seil um Opals Beine und ihren Körper zu winden.

»Lassen Sie wenigstens meine Hände frei«, schimpfte sie. »Vielleicht soll ich ja mal wieder einen Scheck für Sie unterschreiben. Und im Übrigen hätte ich gern eine Tasse Kaffee.«

»Sie macht Witze«, grunzte Jo-Jo.

»Und nicht mal schlechte«, lachte Benny.

»Schnauze, Benny«, befahl Packy, der gerade in die Küche kam. »Da draußen ist niemand zu sehen. Sie muss also allein gekommen sein.« Er setzte sich an den Tisch, Opal gegenüber. »Wie haben Sie herausgefunden, dass wir hier sind?«

»Erst eine Tasse Kaffee.« Schreck und Wut waren Opals erste Reaktionen gewesen, aber jetzt sah sie die Verzweiflung in Packys Gesicht und dachte daran, dass er eigentlich in sein Übergangswohnheim in New York gehörte. Er hatte mit Sicherheit keine Erlaubnis erhalten, ein Wochenende in Vermont zu verbringen. War er hier, um seine Beute zu holen und dann schnell außer

Landes zu verschwinden? Sie hatte ja immer vermutet, dass er das Geld irgendwo versteckt hatte. War es hier irgendwo? Warum sonst sollten Packy und die Como-Zwillinge sich in Vermont aufhalten? Sicher nicht, um ein Skiwochenende hier zu verbringen.

»Milch und Zucker?«, fragte Milo höflich. »Wir haben fettarme Milch und Vollmilch.«

»Fettarme Milch, kein Zucker.« Opal warf einen Blick auf die Zwillinge. »So sollten Sie Ihren Kaffee auch trinken, das würde Ihnen nicht schaden.« Es war verrückt, aber allmählich begann sie die Situation zu genießen. Sie hatte die Kerle erwischt, und sie war sogar in der Lage, ihnen Beleidigungen an den Kopf zu werfen, diesen Männern, die sie ins Unglück gestürzt hatten. Ich sollte mehr Angst haben, dachte sie. Aber eigentlich denke ich, etwas Schlimmeres, als sie mir schon angetan haben, kann doch nicht mehr kommen.

»Ich habe versucht, eine Diät zu machen«, verteidigte sich Benny, »aber das ist verdammt schwierig, wenn man so im Stress ist.«

»Du bist doch erst seit vier Tagen im Stress«, schoss Packy zurück. »Vielleicht solltest du's mal mit zwölfeinhalb Jahren im Knast probieren.«

Milo stellte einen Becher Kaffee vor Opal hin. »Lassen Sie sich's schmecken«, flüsterte er freundlich.

»So, reden Sie jetzt, Opal?«, forderte Packy sie auf.

Opal hatte im Stillen mit sich gekämpft, wie viel Informationen sie ihm geben sollte. Wenn sie behauptete, dass bald jemand käme, um nach ihr zu suchen, würden sie sie dann laufen lassen oder mitnehmen? Sie entschloss sich, einigermaßen nahe an der Wahrheit zu bleiben.

»Ich bin gestern auf Langlaufskiern hier vorbeigekommen, und da habe ich einen Mann auf dem Hof gesehen, der Skier auf dem Dach des Vans befestigte. Er kam mir bekannt vor, und die Sache ging mir nicht mehr aus dem Kopf, bis mir heute früh klar wurde, dass er mich an Benny erinnerte. Da habe ich beschlossen, mir das Autokennzeichen zu notieren. Das ist alles.«

»Natürlich, Benny mal wieder«, grollte Packy. »Haben Sie jemandem davon erzählt?«

»Niemandem. Aber die Freunde, mit denen ich hier bin, werden sich allmählich fragen, wo ich bleibe und warum ich zum Frühstück nicht zurück bin.« Sie entschloss sich, nicht zu sagen, dass unter diesen Freunden ein hohes Tier von der New Yorker Polizei war, außerdem eine staatlich anerkannte Privatdetektivin sowie die beste Amateurdetektivin diesseits des Atlantiks.

Packy starrte sie an. »Mach den Fernseher an, Benny«, befahl er. Auf dem Küchenbüfett stand ein kleiner Apparat. »Mal sehen, ob sie inzwischen den Baumstumpf im Wald entdeckt haben.«

Er hätte den Zeitpunkt nicht besser wählen können. Die Kamera zoomte soeben auf den aufgeregten, wütenden Lem Pickens, der auf den Baumstumpf am Boden deutete und schwor, dass sein Nachbar Wayne Covel ihm das angetan hatte. Packy griff nach der Machete auf dem Tisch, in die Waynes Name eingeritzt war.

»Jawohl«, sagte er nur. »Wayne ist unser Mann. Benny, Jo-Jo, ich muss mit euch sprechen, drüben im Wohnzimmer.« Er warf Milo einen bedeutsamen Blick zu. »Du hast ein Auge auf die Frau. Kannst ihr ja ein Gedicht vortragen oder so.«

»Jemand hat den Rockefeller-Weihnachtsbaum gefällt?«, rief Opal ungläubig, als die drei sich in den Wohnraum zurückgezogen und in einer Ecke zusammengestellt hatten.

Milo deutete mit dem Finger auf den Wohnraum. »Die drei Typen im Nebenzimmer haben das getan, unglaublich, oder?«

»Jo-Jo«, sagte Packy. »Hast du die Schlaftabletten für den Flug nach Brasilien besorgt?«
»Aber sicher, Packy.«
»Wo sind sie?«
»In meiner Reisetasche.«
»Bring sie runter, sofort.«
Benny warf ihm einen besorgten Blick zu. »Packy, ich weiß, dass wir alle letzte Nacht keinen Schlaf gekriegt haben und dass du nervös und aufgeregt bist. Aber ich finde es falsch, wenn du jetzt Schlaftabletten nimmst.«
»Du bist ein solcher Vollidiot!«, sagte Packy, krampfhaft darum bemüht, nicht loszuschreien.
Jo-Jo eilte die Treppe hinauf und kam einen Augenblick später zurück, das Fläschchen mit den Schlaftabletten in der Hand. Er sah Packy fragend an, als er es ihm in die Hand legte.
»Wir müssen irgendwie zu Wayne Covels Haus und die Diamanten finden. Selbst wenn wir die Frau hier fesseln, ist das Risiko doch hoch, dass sie uns entwischt. Oder stellt euch vor, jemand findet sie hier, dann könnte sie uns verraten. Wir müssen also dafür sorgen, dass sie außer Gefecht ist, bis wir sicher und warm im Flugzeug sitzen. Ein paar von diesen Dingern werden sie mindestens achtzehn Stunden lang aus dem Verkehr ziehen.«
»Ich dachte, Milo bleibt hier bei ihr.«
»Das tut er auch. Er wird gleich neben ihr schlafen.« Packy nahm vier Tabletten aus dem Fläschchen.
»Und wie willst du die beiden dazu bringen, die Dinger zu schlucken?«, flüsterte Benny.
»Du schenkst Milo eine Tasse Kaffee ein. Dann wirfst du zwei Tabletten hinein und rührst das Ganze gut um. Er wird es trinken, verlass dich drauf. Ich frage mich sowieso, wie er lange genug still sitzen kann, um ein Gedicht zu schreiben, so viel Kaffee, wie der in sich hineinschüttet. Ich werde so nett sein und einen zweiten

Kaffeebecher für Miss Geldsack einschenken. Und wenn sie das Zeug nicht trinkt, tritt Plan B in Kraft.«

»Und wie sieht Plan B aus?«

»Dann werden wir ihr das Zeug hineinzwingen.«

Ohne ein weiteres Wort gingen die drei zurück in die Küche, wo Opal gerade dabei war, Milo mit einer vollständigen Aufzählung aller Leute zu versorgen, die in dem Betrugsskandal ihr Geld verloren hatten.

»Ein Ehepaar hatte die ganze Lebensversicherung investiert«, sagte sie. »Sie mussten hinterher ihr hübsches kleines Haus in Florida verkaufen. Jetzt kriegen sie eine winzige Sozialrente, und weil die nicht reicht, sind sie froh über jeden Gelegenheitsjob. Dann war da eine Frau, die ...«

»Ja, und noch eine Frau und noch eine ...«, fiel Packy ein. »Es ist doch nicht meine Schuld, wenn ihr alle so dämlich seid. Ich hätte gern noch eine Tasse Kaffee.«

Milo sprang auf.

»Lass nur, Milo, ich mach das schon«, bot Benny an.

»Da, seht euch das an!«, sagte Packy und zeigte auf den Fernsehschirm, während er Opals Tasse nahm und damit hinüber zum Herd ging.

Auf dem Bildschirm war der örtliche Polizist zusammen mit Lem Pickens zu sehen. Sie klopften gerade an die Tür eines heruntergekommenen Hauses. Die Stimme des Reporters informierte die Zuschauer, dass der Polizist vor etwa einer Stunde darauf bestanden hatte, Lem Pickens zu Wayne Covels Haus zu begleiten. »Pickens liegt seit Jahren im Streit mit Covel, und Covels Baum wäre beinahe für das Rockefeller Center ausgewählt worden«, erklärte die Stimme.

»Ich kann mich an die Bruchbude erinnern, da bin ich mal gewesen, als ich hier gearbeitet habe«, sagte Packy und stellte Opals Tasse neben ihr auf den Tisch. »Die Bude sieht jetzt noch schlimmer aus als damals.«

Auf dem Fernsehschirm sah man, wie die Tür geöffnet

wurde und ein leicht verwahrloster Mann in einem roten Nachthemd erschien. Es gab einen hitzigen Wortwechsel zwischen ihm und Lem. Wayne Covels Gesicht wurde in Nahaufnahme gezeigt – kein besonders erhebender Anblick.

»Seht euch doch mal diese Kratzer an«, schnarrte Packy. »Die sind noch ganz frisch. Die hat er sich geholt, als er an dem Baum herumgemacht hat, um unsere Diamanten zu stehlen.«

»Ist es wahr, dass Sie den Baum gefällt haben?«, sagte Opal anklagend zu Packy. »Was hatten Sie denn darin versteckt? Am Ende irgendwas, was mir gehört?«

Packy blickte ihr geradewegs in die Augen. »Diamanten«, sagte er mit einem Zähnefletschen. »Eine Thermosflasche voller Diamanten, die ein Vermögen wert sind. Einer dieser Diamanten ist allein drei Millionen Scheine wert. Den habe ich nach Ihnen benannt.« Er zeigte wieder auf den Fernseher. »Das zerkratzte Monster hat sie geklaut, aber wir holen sie uns wieder. Ich werde an Sie denken, wenn wir uns mit Ihrem Geld eine gute Zeit machen.«

»Das schaffen Sie nicht!« Opal spuckte die Worte fast aus.

»Darauf können Sie wetten, Lady, dass wir das schaffen.« Er warf einen Blick auf ihren halb leeren Kaffeebecher und lächelte. Dann setzte er sich. »Und jetzt seid mal alle schön ruhig, Onkel Packy will die Nachrichten sehen.«

Sie saßen da und sahen sich einige Werbespots an, dann kam der örtliche Wetterbericht. »Es wird ein grauer, kalter Tag. Möglicherweise kommt es heute sogar noch zu einem Schneesturm«, warnte der Sprecher. Packy und Jo-Jo wechselten einen Blick. Sie hatten den Piloten mitten in der Nacht angerufen und ihm gesagt, er solle zu dem Flugplatz am Ortsrand von Stowe kommen und dort auf sie warten. Wenn es jetzt einen

Schneesturm gab, konnte das bedeuten, dass sich ihre Flucht verzögerte. Packy war kurz davor, aus der Haut zu fahren, aber er wusste, er musste still sitzen, bis die Schlaftabletten ihre wundersame Wirkung entfalteten, auch wenn er dabei gleichzeitig beobachten musste, wie sich das Fenster für seine Flucht nach Brasilien leise schloss.

Als der Sprecher mit seiner Wetterprognose fertig war, kamen wieder einige Berichte über den entführten Baum. Schließlich wurde eine neue Nachricht angekündigt. »Packy Noonan, ein verurteilter Betrugskünstler, der seine Bewährungsauflagen missachtet hat, wurde gestern beobachtet, wie er mit einem Van aus Manhattan flüchtete. Der Van hatte Skier auf dem Dach und ein Vermonter Kennzeichen.« Dann wurde ein mehr als hässliches Foto von Packy gezeigt. »Es ist also durchaus möglich, dass er sich auf dem Weg in unsere Region befindet«, ergänzte der Sprecher.

»Das wollen wir doch nicht hoffen«, fiel der zweite Sprecher ein. »Es ist schon seltsam, dass dieser Mann in der Lage war, so viele Menschen zu täuschen. So intelligent sieht er doch gar nicht aus.«

»Und das ist er auch nicht«, murmelte Opal. Sie fühlte sich plötzlich entsetzlich schläfrig.

Packy hörte nicht auf sie, sondern sprang auf und stellte den Fernsehton ab. »Na, großartig. Jetzt können wir den Van nicht mehr benutzen, und jeder Idiot in der Stadt hat auch noch meine Visage gesehen.«

»Und da ja niemand je ein hübsches Gesicht vergisst ...«, sagte Opal. Ihre Lider wurden immer schwerer.

Benny begann zu gähnen. Er blickte in den Kaffeebecher, den er in der Hand hielt, und mit jeder Sekunde spiegelte sein Gesichtsausdruck mehr und mehr das blanke Entsetzen, das ihn befiel. Dann drehte er sich um und bemerkte, dass Packy und Jo-Jo ihn anstarrten.

Sie waren fast ebenso entsetzt wie er. Selbst Benny wusste, dass es besser war, jetzt nichts zu sagen.
Jo-Jo bewegte lautlos die Lippen: »Du Vollidiot!«, und eilte die Treppe hinauf, um noch zwei Schlaftabletten zu holen. Als er wieder herunterkam, füllte er Milos Becher nach.
Zwanzig Minuten später lagen drei Gestalten in einem komaähnlichen Schlaf in der Küche der alten Farm, die Köpfe auf der Platte des Küchentischs.
»Es tut mir Leid, dass mein Bruder sich von den Nachrichten hat ablenken lassen«, entschuldigte sich Jo-Jo. »Manchmal hat er einfach Schwierigkeiten, sich auf zwei Sachen gleichzeitig zu konzentrieren.«
»Ich weiß, ich weiß«, schnarrte Packy. »Wir werden jetzt den Dichter und die Alte nach oben schleppen und im Bett festbinden. Benny stecken wir in den Kofferraum von Milos Wagen. Dann sind wir schnell aus der Stadt, sobald wir die Diamanten haben.«
»Vielleicht sollten wir lieber Benny eine Nachricht hinterlassen und ihn abholen, wenn wir fertig sind«, schlug Jo-Jo vor.
»Ich bin doch kein Taxiunternehmen! Es wird ihm schon nicht schaden, dahinten im Kofferraum zu liegen und zu schlafen. Ich hoffe nur, wir müssen ihn nicht auch noch ins Flugzeug schleppen. Und jetzt los!«

26

Die vier Reillys und Alvirah saßen im Wohnzimmer von Lem und Viddy. Über dem offenen Kamin hingen in zwei gleichen Rahmen zwei Fotos. Eins zeigte Lem und Viddy, wie sie am Tag ihrer Hochzeit die Blaufichte pflanzten, die jetzt so schmerzlich vermisst wurde; das andere zeigte die lächelnde Maria von Trapp, wie sie mit der Hand auf den kleinen Baum deutete.

Lem brachte gerade ein Tablett herein, beladen mit Tassen voller heißer Schokolade. Viddy ging gleich hinter ihm; sie trug einen Teller mit selbst gebackenen Plätzchen in der Form kleiner Weihnachtsbäume. »Ich habe das Rezept zum ersten Mal ausprobiert«, sagte sie. »Ich wollte sie heute verteilen, wenn der Baum gefällt wird, und wenn sie Anklang finden, hatte ich mir gedacht, bringe ich eine Schachtel davon mit nach New York. Aber jetzt kann ich das Rezept ebenso gut wegwerfen.«

»Nur die Ruhe, Viddy«, sagte Lem. »Wir werden diesen Baum finden, und wenn ich Wayne Covel in die Zehen schießen muss, in jeden einzelnen, versteht sich. Er wird uns irgendwann schon sagen, wo er den Baum versteckt hat.«

Du lieber Himmel, dachte Regan. Der alte Knabe meint es aber wirklich ernst.

Lem reichte die Tassen an seine Gäste weiter, dann ließ er sich in dem alten Schaukelstuhl nieder, der dem Sofa gegenüberstand. Der Schaukelstuhl sieht aus, als wäre er ein Teil von ihm, dachte Regan. Mit einem gemurmelten »Dankeschön« nahm sie eins von Viddys angebotenen Plätzchen. Es war offensichtlich, dass Lem nun bereit war, übers Geschäftliche zu reden.

»Nun, Alvirah – so heißen Sie doch, nicht wahr?«

»Ja.« – »Wie sind Sie zu so einem ausgefallenen Namen gekommen?«
»Ich nehme an, auf die gleiche Weise wie Sie zu Ihrem, Lemuel.«
»Gut gegeben. Nun, Alvirah, was wollten Sie fragen?« Er nahm einen Schluck von seiner heißen Schokolade, gefolgt von einem »Haahhh«. Dann blickte er in die Runde. »Sie sollten pusten, bevor Sie trinken, sonst verbrennen Sie sich die Zunge.«
Alvirah lachte. »Meine Mutter hatte eine Freundin, die ihren Tee immer in die Untertasse goss. Ihr Mann pflegte zu sagen: ›Fächle ihn doch mit dem Hut, bis er abkühlt.‹«
»Ich gebe zu, das hätte mich auch gestört.«
Alvirah lachte. »Ich vermute, er hat sich irgendwann daran gewöhnt, sie waren zweiundsechzig Jahre verheiratet. Aber was ich Sie fragen wollte«, fuhr sie fort, »können Sie sich an jemanden namens Packy Noonan erinnern, der vor Jahren hier gearbeitet haben soll? Im Spätherbst, und zwar im Rahmen eines Programms für gefährdete Jugendliche?«
»Packy Noonan!«, rief Viddy sofort. »Der war der Einzige, der hinterher jemals zu Besuch kam. Die anderen waren doch alle undankbare Dackel. Wobei ich allerdings zugeben muss, damals hatte ich ihn schwer im Verdacht, dass er die Kameenbrosche von meinem Nachttisch genommen hat.«
»Wir haben keine eigenen Kinder«, erklärte Lem, »und so haben wir jahrelang bei diesem Programm mitgemacht, vor allem während der hektischen Zeit, wenn jede Menge Leute zu uns kamen, um ihren Baum auszusuchen. Einer ganzen Reihe von Jungs hat dieses Programm gut getan. Gab ihnen mehr Selbstvertrauen, richtete sie irgendwie auf.«
»Bei Packy Noonan scheint das nicht funktioniert zu haben«, sagte Alvirah geradeheraus.

»Wie meinen Sie das?« – »Er ist gerade aus dem Gefängnis entlassen worden, nachdem er eine mehr als zwölfjährige Strafe abgesessen hat, weil er jede Menge Leute um ihr Geld gebracht hat. Gestern hat er in New York seine Bewährungsauflage gebrochen und wurde beobachtet, wie er in einen Van mit Vermonter Kennzeichen einstieg. Und ich frage mich, ob Sie in all den Jahren Kontakt zu ihm hatten.«

»Er ist vor zwölf Jahren ins Gefängnis gesteckt worden?«, fragte Lem aufgeregt.

»Nicht zu glauben!«, sagte Viddy. »Am Ende war er es doch, der meine Brosche genommen hat! Aber er war so nett damals, als er uns besuchen kam. Und ich habe noch gedacht, was hat der sich gut gemacht. Richtig proper sah er aus. Als Jugendlicher war ja nicht viel mit ihm los, aber da – man hätte denken können, er sei Millionär.«

»Nur dass es eben die Millionen anderer Leute waren«, sagte Luke leise.

»Viddy, wann war das noch, als er auf einmal hier vor der Tür stand?«, fragte Lem.

Viddy schloss die Augen. »Warte mal. Mein Gedächtnis ist zwar nicht mehr so gut wie früher, aber immer noch gut genug.«

Sie warteten.

Immer noch mit geschlossenen Augen tastete Viddy nach ihrer Tasse, pustete hinein und nahm einen winzigen Schluck.

»Ich erinnere mich, dass es im Frühling war, und ich war gerade dabei, Kuchen für den Kirchenbasar zu backen. Der fand statt, weil wir Geld fürs Seniorenzentrum sammeln wollten, dessen Keller überschwemmt worden war. Die ganzen Bingo-Karten waren hinüber, und ich weiß nicht, was noch alles. Und das war – genau vor dreizehneinhalb Jahren. Gleich nach dem schrecklichen Gewitter am Muttertag. Wir waren alle patschnass gewesen, kaum dass wir aus der Kirche gekommen waren. Na, jedenfalls kam Packy Noonan in der Woche danach bei uns vorbei. Ich lud ihn ein, hereinzukommen, und er war wirklich ganz reizend zu mir. Er aß ein Stück Kuchen und trank ein Glas Milch. Ich weiß noch, wie er sagte, dass ihn das so sehr daran erinnerte, wie er früher mit seiner Mutter zusammengesessen hatte, und dass er sie so sehr vermisse. Er hatte direkt Tränen in den Augen. Ich fragte ihn, was er beruflich so mache, und er sagte was von Finanzwesen.«

»Das kann man wohl sagen!«, rief Alvirah aus. »Haben Sie ihn damals auch gesehen, Lem?«

»Lem war irgendwo im Wald und beschnitt die Bäume«, gab Viddy zur Antwort. »Ich blies in die Pfeife, die ich an der Hintertür habe, und Lem kam, denn er weiß, ich benutze sie nur in wirklich dringenden Fällen.«

»Ich stieg von der Leiter und kam zum Haus. Junge, habe ich gestaunt, als ich Packy sah.«

»Hat er einen Grund für sein Kommen genannt?«, hakte Alvirah nach.

»Er hat nur gesagt, er wäre geschäftlich unterwegs und auf der Durchreise, und er wolle sich kurz für alles bedanken, was wir für ihn getan hatten. Dann sah er das Bild von unserem Baum über dem Kamin und fragte, ob wir ihn immer noch so pflegten, als wäre er unser Baby. Ich sagte: ›Na, darauf kannst du aber wetten. Komm mit raus, und sieh ihn dir an.‹ Und das tat er dann auch. Er sagte, der Baum sehe großartig aus, und dann half er mir, die Leiter in die Scheune zurückzutragen. Ich lud ihn ein, mit uns zu Abend zu essen. Er sagte, er müsse weiter, aber er würde sich wieder melden. Danach haben wir nie mehr etwas von ihm gehört. Jetzt weiß ich, warum. Vom Gefängnis aus konnte er uns wohl schlecht anrufen.«

»Ich hoffe nur, er besucht uns nicht wieder. Das

nächste Mal knalle ich ihm die Tür vor der Nase zu«, versprach Viddy.

Regan und Alvirah tauschten einen Blick.

»Und das war vor dreizehneinhalb Jahren?«, vergewisserte sich Alvirah.

»Ja, ganz sicher«, bestätigte Viddy, die die Augen jetzt weit aufgerissen hatte.«

»Ich verstehe bloß nicht, warum er damals überhaupt hier aufgetaucht ist«, dachte Lem laut weiter. Was ist denn aus dem Geld geworden, das er geklaut hat?«

»Das weiß niemand«, sagte Regan. »Aber irgendwie denken alle, das er dabei ist, das Geld zu holen, wo auch er immer er sich jetzt aufhält.«

»Er hat damals nicht versucht, Sie zu überreden, in seine windige Spedition zu investieren?«, fragte Alvirah. »Zu der Zeit lief sein Betrug nämlich noch auf Hochtouren.«

»Er hat mit uns überhaupt nicht über Geld gesprochen«, rief Lem. »Offenbar war er doch schlau genug, nicht zu versuchen, Lemuel Pickens übers Ohr zu hauen!«

Alvirah schüttelte traurig den Kopf. »Er hat eine Menge kluger Leute übers Ohr gehauen. Eine Freundin von mir hat damals fast ihr gesamtes Geld verloren. Selbst am Tag vor seiner Verhaftung hat er noch versucht, sie zu überreden, dass sie ein paar von ihren Freunden die Investition schmackhaft machen sollte. Es überrascht mich fast, dass er Ihnen nicht auch noch einen Scheck aus der Tasche gezogen hat. Aber ich denke, wahrscheinlich war er aus irgendeinem anderen Grund hier. Die Freundin, die ich schon erwähnt habe, sollte heute Morgen gemeinsam mit uns frühstücken, aber sie ist nicht aufgetaucht. Die bloße Vorstellung, dass Packy vielleicht nach Vermont kommt, womöglich sogar hierher, macht mich ganz wahnsinnig.«

»Der einzige Kriminelle, um den Sie sich hier Gedan-

ken machen müssen, wohnt gleich nebenan: Wayne Covel. Er hat meinen Baum gefällt, aber das wird ihn teuer zu stehen kommen, das schwöre ich Ihnen«, fuhr Lem dazwischen.
»Lem, jetzt ist es aber genug«, schimpfte Viddy. »Alvirah macht sich Sorgen um ihre Freundin.«
»Ob dieser Wayne Covel Packy wohl wieder erkennen würde?«, fragte Alvirah nachdenklich.
Lem zuckte mit den Schultern. »Möglich. Die beiden sind ungefähr gleich alt.»
»Vielleicht versuche ich mal, ob ich mit ihm reden kann.«
»Der redet ja nicht mal mit seinen Nachbarn«, rief Lem.
Viddy versuchte, das Thema zu wechseln. Wenn Lem sich erst einmal richtig aufregte, war es ziemlich schwierig, ihn wieder zu beruhigen. »Nora«, sagte sie schnell, »ich lese doch so gern. Ich habe sogar selbst schon versucht, Gedichte zu schreiben. Seit einigen Monaten wohnt jetzt ein Mann hier, der ein paar Leute zu Dichterlesungen zusammengetrommelt hat, und zwar in dem alten Farmhaus, wo er wohnt. Aber seine Gedichte sind ganz fürchterlich, ich bin nur einmal dort gewesen. Er hat ein Gedicht vorgelesen, das er geschrieben hat, da ging es um einen Pfirsich, der sich in eine Fruchtfliege verliebt, stellen Sie sich doch so was mal vor.«
»Das ist dieser Milo, dieser eklige Kerl mit den langen Haaren und dem Bärtchen, oder?«, fragte Lem.
»Na, Schatz, so eklig ist er nun auch wieder nicht.«
»Doch, ist er. Er kommt hierher nach Vermont, fährt nicht Ski, läuft nicht Schlittschuh. Stattdessen sitzt er den ganzen Tag in dem verkommenen alten Haus und schreibt Gedichte. Mit dem Kerl stimmt doch was nicht, hab ich Recht, Nora? Stellen Sie sich doch so was mal vor!«
»Nun«, begann Nora vorsichtig, »manchmal ist es ganz

gut für einen Schriftsteller, sich zurückzuziehen und in Ruhe und Frieden zu arbeiten.«

»Arbeiten? Wenn einer über Pfirsiche und Fruchtfliegen Gedichte schreibt, ist das doch keine Arbeit! Ich frage mich, wie lange das noch so weitergehen soll. Wie bezahlt der Kerl seine Rechnungen?«

Alvirah wurde immer unruhiger. Sie wollte hinaus und nachsehen, ob es irgendein Lebenszeichen von Opal gab. »Sie wissen ja, dass ich an einer Geschichte für die Zeitung schreibe«, sagte sie entschuldigend. »Ist es Ihnen recht, wenn ich Sie später noch mal anrufe? Vielleicht hat die Polizei dann schon eine Spur. Ich kann mir nicht vorstellen, dass sich ein achtzig Fuß hoher Weihnachtsbaum einfach so in Luft auflösen soll.«

»Das kann ich auch nicht«, sagte Lem. »Und ich werde einen Suchtrupp organisieren, um ihn wieder zu finden.«

»Möchte noch jemand heiße Schokolade?«, fragte Viddy.

27

Wayne Covel hatte versucht, noch ein wenig zu schlafen, nachdem er die Thermosflasche mit den Diamanten in der Ulme in seinem Vorgarten versteckt hatte. Aber es hatte keinen Zweck. Bald wurde ihm klar, dass es eine Schnapsidee gewesen war, die Steine in dem Baum zu verstecken. Wenn diese Leute vom Rockefeller Center bei ihm auftauchten und ihn anflehten, ihnen seine Blaufichte zu überlassen, was konnte da nicht alles passieren! Die Ulme stand nicht weit von der Blaufichte entfernt. Was, wenn ein Fotograf auf die Idee kam, auf die Ulme zu klettern, um ein gutes Bild von der Baumfällaktion schießen zu können? Nein, solange der Behälter mit den Diamanten nicht in seiner Nähe war, fand Wayne keine Ruhe.

Kurz vor Morgengrauen öffnete er die Tür, ging hinaus, kletterte auf die Ulme und holte den Behälter herunter. Er nahm ihn mit ins Bett, schraubte den Verschluss ab, warf einen schnellen Blick auf die Diamanten und schlief dann süß und selig lächelnd ein. Den Behälter hielt er im Arm wie ein Baby sein Fläschchen.

Als einige Zeit später Lem Pickens mit der Polizei vor seiner Tür stand und einen Mordsradau veranstaltete, sprang Wayne auf, und der Behälter flog ihm aus den Händen. Der Verschluss segelte durch die Luft, und der Behälter schlug mit einem dumpfen Laut auf den rauen Holzboden. Die Diamanten verteilten sich quer durch das grauenhaft unordentliche Zimmer und blieben zwischen den Haufen mit schmutziger Wäsche auf dem Boden liegen.

Wayne ging in seinem roten Nachthemd an die Tür und stellte zu seinem Entsetzen fest, dass eine ganze Phalanx von Fernsehkameras auf ihn gerichtet war. Im ersten Moment befürchtete er, die Polizei hätte schon einen Hausdurchsuchungsbefehl. Als er aber Lem bemerkte und sah, dass es nur darum ging, zu filmen, wie Lem ihn anschrie, brüllte er zurück und schlug ihnen die Tür vor der Nase zu. Das hier ist mein Haus, sagte er sich, und ich muss mir dieses Gebrüll von niemandem gefallen lassen. Dann verriegelte er die Tür und stürzte zurück in sein Zimmer, um die Diamanten einzusammeln. Nachdem er seine Schmutzwäsche durchsucht hatte und davon ausgehen konnte, dass er alle Diamanten wieder in den Behälter zurückgestopft hatte, entwickelte er den ganz ungewöhnlichen Drang, mal wieder große Wäsche zu machen. Hätte ich doch gestern Abend die Diamanten gezählt, dachte er. Aber der Behälter sah einigermaßen voll aus.

Er packte sich einen Haufen Wäsche, ging zu der Tür, die von der Küche in den Keller führte, zog sie auf, schaltete das Licht ein und stapfte die knarrende Treppe hinunter, wobei er die kaputte unterste Stufe sorgsam ausließ. Kein Wunder, dass ich nicht oft hier herunterkomme, dachte er, als er den schalen, säuerlichen Geruch des schimmeligen Kellers einatmete. Irgendwann muss ich hier mal sauber machen, dachte er, aber jetzt kann ich es mir ja wohl bald leisten, jemanden anzustellen, der das für mich macht. Als Erstes muss diese Kohlenschütte raus. Papa hatte ja schon auf Öl umgestellt, gleich nach dem Krieg, aber irgendwie hat er es nie geschafft, dieses Ding loszuwerden. Er hat sie einfach dicht gemacht, eine Tür davor gesetzt und eine kleine Werkstatt daraus gemacht, die er dann nie benutzte.

Ich habe sie jedenfalls ganz sicher nie benutzt, dachte Wayne. Vermutlich wäre es überhaupt das Beste, die ganze Bude einfach abzufackeln und von Grund auf neu zu bauen. Er ließ den Arm voll Kleider vor der Waschmaschine auf den Boden fallen, griff ins Regal, wo eine fast leere Schachtel mit Waschmittel stand, und schüttete den restlichen Inhalt in die Maschine. Dann steckte er die Hälfte der Wäsche in die Maschine, schloss den Deckel, schaltete die Maschine ein und ging wieder nach oben.

Sein Fernseher stand auf dem Küchenschrank gleich neben seinem Laptop. Er braute sich eine Kanne Kaffee, schaltete den Fernseher ein und stellte den Computer auf den Tisch. Den Rest des Vormittags ließ er den Fernseher laufen, während er sich nervös durch sämtliche Nachrichtensender zappte, die allesamt die Geschichte von dem entführten Baum brachten. Zwischendurch hörte er immer wieder von diesem Packy Noonan, einem Betrüger, der soeben auf Bewährung aus dem Gefängnis entlassen worden war, mit einem Vermonter Van geflüchtet war und irgendwann einmal in Stowe gearbeitet hatte, im Rahmen eines Programms für gefährdete Jugendliche.

Packy Noonan, dachte Wayne. Kommt mir bekannt vor, irgendwoher kenne ich den Kerl.

Gleichzeitig versuchte er, etwas über die Welt des Diamantengeschäfts zu erfahren, indem er sich durch verschiedene Websites klickte. Erst mal muss ich herausfinden, wo ich die Dinger überhaupt loswerde, dachte er. Er fand eine ganze Reihe von Angeboten im Stil von: »Wir kaufen zu Höchstpreisen und verkaufen zu Niedrigstpreisen.« Ja, so seht ihr aus, dachte er. Und ich habe jetzt auch begriffen, dass Diamanten ewig sind, dass sie die besten Freunde sämtlicher Mädchen sind, dass sie zeigen, wie sehr man »sie« liebt. Danke! Pause bitte! Lorna würde das Wasser im Mund zusammenlaufen, wenn sie hier wäre und diese Schätzchen sehen könnte.

Als könnte sie seine Gedanken lesen, hörte er in diesem Augenblick das Klicken, das ihm eine neue E-Mail ankündigte. Da er einen Auftraggeber für einen seiner Gelegenheitsjobs erwartete, öffnete er sie sofort und stellte überrascht fest, dass die elektronische Botschaft von seiner Ex kam:

Wayne, interessant zu sehen, dass du immer noch dieses schreckliche rote Nachthemd trägst und immer noch im Clinch mit Lem Pickens liegst. Und ich höre, dass sie wahrscheinlich deinen Baum fürs Rockefeller Center nehmen werden, wenn sie Lems nicht wieder finden. Ich weiß, dass du seinen Baum nicht gestohlen hast, für eine solche Aktion bist du doch viel zu faul. Vielleicht würdest du die Machete nehmen, die ich dir mal zu Weihnachten geschenkt habe, und ein oder zwei Äste abhacken, aber das wär's dann auch schon. Wenn sie deinen Baum nehmen und du jemanden brauchst, der mit nach New York fährt, ruf an.
XOXOXO
Lorna

P. S. Woher hast du die Kratzer im Gesicht? Sieht aus, als hättest du eine neue Freundin – oder warst du doch an Lems Baum?

Wayne starrte voller Abscheu auf die E-Mail. XOXOXO bedeutet Umarmungen und Küsse, dachte er missbilligend – das Weib ist doch nur scharf auf eine Mitfahrgelegenheit nach New York. Will mal wieder mitten im Geschehen sein. Wenn sie wüsste, was hier wirklich los ist, säße sie vermutlich schon auf ihrem Besen, um hierher zu fliegen.
Er musste lachen, als er an die Sache mit der Machete dachte, die sie ihm damals zu Weihnachten geschenkt hatte. Als er das Geschenk ausgepackt hatte, war sie immer noch ganz aus dem Häuschen gewesen, weil sie daran gedacht hatte, seinen Namen in den Griff gravieren zu lassen. Man hätte meinen können, sie hätte ihm einen Goldbarren geschenkt.

Aber während er darüber noch lächelte, überkam ihn – langsam aber sicher – ein beunruhigender Gedanke.
Die Machete.
Sein Werkzeuggürtel hatte sich so leicht angefühlt, als er ihn am Morgen angelegt hatte, um die Diamanten ins Haus zu holen! Als er ihn wieder abgenommen hatte, hatte er ihn auf den anderen Küchenstuhl fallen lassen. Jetzt tauchte er danach und hielt ihn hoch, wider besseres Wissen noch mit einem Funken Hoffnung. Aber die Machete war nicht da.
Habe ich sie letzte Nacht bei Lems Baum liegen lassen? Ich war ja ziemlich aus dem Häuschen, als ich die Diamanten fand, vielleicht habe ich da einfach nicht bemerkt, dass ich sie fallen ließ. Diese blöde Kuh! Warum musste sie meinen Namen in den Griff gravieren lassen?
Lem hat sie wohl nicht gefunden, sonst hätte er sie mir heute früh unter die Nase gehalten. Aber diese Gangster, die den Baum gefällt haben – vielleicht haben die sie ja gefunden. Vielleicht sind sie schon auf dem Weg hierher. Vielleicht bringen sie mich um, weil ich ihre Beute habe!
Ich sollte hier nicht so mutterseelenallein im Haus herumsitzen, dachte er. Andererseits, wenn ich einfach abhaue, denken alle, ich habe den Baum gefällt.
Das Telefon klingelte, und Wayne griff nach dem Hörer, froh, endlich eine menschliche Stimme zu hören.
»Hallo?«
Wer auch immer am anderen Ende der Leitung war, sagte kein Wort.
»Hallo?«, wiederholte Wayne nervös. »Ist da jemand?«
Aber alles, was er hörte, war ein Klicken in der Leitung.

28

Ich bin sicher, er hat die Diamanten«, sagte Packy und klappte sein Handy zu.

»Woher weißt du das?«, fragte Jo-Jo.

»Ich weiß es einfach. So eine Art krimineller Instinkt.«

»Ihr erkennt euch untereinander, oder?«

Sie waren spät dran. Es war zehn Uhr geworden, bis Packy und Jo-Jo endlich in der alten braunen Limousine saßen, die der Besitzer der Farm früher für seinen Knecht gehabt hatte und bereitwillig an Milo verkauft hatte. Fünfzehn Jahre alt, Macken an sämtlichen Türen, eine Stoßstange mit einem Seil festgebunden und einige Ersatzteile vom Schrottplatz – der Wagen war ein Musterbeispiel für ein Fahrzeug, das nur ein hoffnungslos lebensuntüchtiger Mensch wie Milo kaufen würde.

Packy und Jo-Jo hatten Milo und Opal in die oberen Schlafzimmer geschleppt und an den Bettpfosten festgebunden. Dann hatten sie versucht, Benny zu wecken, indem sie seinen Kopf immer wieder in eine Schüssel mit kaltem Wasser getunkt hatten. Irgendwann gaben sie es auf, zerrten Benny nach draußen und hievten ihn in den Kofferraum des Wagens. In einem Anfall von Bruderliebe rannte Jo-Jo noch einmal ins Haus und holte ein Kissen und eine Decke, um es Benny ein wenig bequemer zu machen. Dann drückte er Benny eine Taschenlampe in die Hand und heftete ihm mit einer Sicherheitsnadel einen Zettel an die Jacke für den Fall, dass er wach wurde und sich fragte, was los war.

»Ich habe ihm geschrieben, dass er sich ruhig verhalten soll, bis wir zurückkommen«, erklärte er Packy.

»Du kannst ihm ja vielleicht noch ein Schlaflied singen«, grollte Packy. Er wusste, dass sie auf keinen Fall den Van benutzen konnten, auch wenn Jo-Jo ihn gewarnt hatte, weil er wusste, dass Milo schon ein paarmal über die Unzuverlässigkeit der Limousine geklagt hatte.

»Vielleicht denkst du mal daran, was sie im Fernsehen gesagt haben«, hatte Packy ihn angeschrien. »Die ganze Zeit reden sie davon, dass ich in einem Van mit Skiträger und Vermonter Kennzeichen abgehauen bin. Sie reden davon, dass ich als Jugendlicher hier in Stowe gearbeitet habe. Jeder verdammte Bulle in Vermont, vor allem hier in dieser verdammten Gegend, ist darauf geeicht, sich jeden verdammten Van verdammt genau anzusehen. Wenn wir mit dem Van fahren, können wir uns ebenso gut gleich stellen und die Belohnung selbst kassieren, die auf meinen Kopf ausgesetzt ist.«

»Wenn wir mit dieser Schrottkarre fahren, können wir froh sein, wenn wir bis zur Scheune kommen«, gab Jo-Jo zurück.

»Vielleicht sollten wir mit dem Tieflader fahren, mit dem Baum hinten drauf.«

Packy und Jo-Jo starrten einander wütend an. Dann sagte Packy: »Jo-Jo, wir müssen jetzt unsere Diamanten holen. Dieser Covel muss sie haben. Und in dieser Schrottkarre vermutet uns niemand. Also los.«

Packy setzte sich ans Steuer und setzte die Sonnenbrille auf. »Gib mir mal eine von den Skimützen«, befahl er.

»Willst du die blaue mit den orangen Streifen oder die grüne mit den ...«

»Eine Mütze! Irgendeine!«

Packy startete den Wagen, aber der Motor gab nur ein Husten von sich und starb ab. Packy trat heftig aufs Gas. »Na los, komm schon!«

»Vielleicht sollte ich Benny auch eine Mütze geben«, dachte Jo-Jo laut. »Der Kofferraum ist ungeheizt, und seine Haare sind noch nass.«

Packy war einem Schreikrampf nahe. »Was ist los mit dir? Seit dem Augenblick, als Benny eingeschlafen ist,

benimmst du dich dämlicher als Benny in seinen dämlichsten Momenten.«
Aber Jo-Jo hatte schon die Tür geöffnet. »Ich setze ihm eine Mütze auf«, beharrte er stur. »Er hat überhaupt keine Abwehrkräfte mehr, weil er so lange in Brasilien gewesen ist, wo es immer so warm ist.«
Packy versuchte krampfhaft, nicht wahnsinnig zu werden. Er ging im Geist seine Probleme und Möglichkeiten durch. Niemand wird uns in diesem Auto beachten, beruhigte er sich selbst. Der Dichter fährt schon lange genug damit durch die Gegend. Wir können nur hoffen, dass die Karre nicht zusammenbricht. Immerhin wissen wir, dass Covel zu Hause ist. Wir müssen irgendwie in seine Bude reinkommen und ihn dazu zwingen, die Steine rauszurücken. Dann noch zehn Meilen bis zum Flugplatz, wo der Pilot auf uns wartet.
Jo-Jo setzte sich wieder auf den Beifahrersitz.
»Beeilung«, bellte Packy ihn an. »Wir müssen hier weg, bevor irgendwer sich auf die Suche nach unserer Miss Marple macht.«
»Wer ist Miss Marple?«, fragte Jo-Jo ratlos.
»Na, Opal Fogarty, du Idiot! Die Investorin!«
»Ach, die! Na, die hat vielleicht ein Mundwerk. Ich möchte lieber nicht in der Nähe sein, wenn sie aufwacht und feststellt, dass wir sie da oben zusammengebunden haben.«
Packy würdigte diese Bemerkung keines Kommentars. Er gab Gas, und der Wagen fuhr mit einem Röhren los, mit seinen drei Insassen, von denen zwei wild entschlossen waren, die Diamanten wieder in ihren Besitz zu bringen. Und der dritte hätte ihre Entschlossenheit wohl geteilt, wenn er denn wach gewesen wäre.

In dem alten Bauernhaus, dessen Tür fest versperrt war, flackerte leise die Gasflamme unter der Kaffeekanne auf dem Herd. Jo-Jo hatte gedacht, er hätte den

Herd ganz abgestellt. Noch ehe der Wagen den Hof verließ, ging die Flamme ganz aus, und ein gefährlicher Geruch begann sich im Haus breit zu machen: der Geruch von ausströmendem Gas.

29

In dem Augenblick, als Alvirah sah, dass Willy allein neben dem traurigen Baumstumpf stand, sank ihr Mut. Sie schlängelte sich durch die Menge der Zuschauer und eilte zu ihm. »Kein Spur von Opal?«, fragte sie.

Willy, der merkte, wie nervös seine Frau allmählich wurde, versuchte zu beschwichtigen. »Nein, hier ist sie nicht, aber ich wette, sie ist in unserem Häuschen. Wahrscheinlich packt sie und ärgert sich, dass sie unser gemeinsames Frühstück verpasst hat.«

»Dann hätte sie mich doch auf dem Handy angerufen. Ich habe ihr doch eine Nachricht hinterlassen. Willy, du weißt so gut wie ich, dass ihr irgendwas passiert sein muss.«

Die Reillys stießen zu ihnen. An Alvirahs Gesichtsausdruck konnte Regan sofort erkennen, dass Opal immer noch vermisst wurde. »Wollen wir nicht erst einmal zu eurem Häuschen gehen?«, schlug sie vor. »Vielleicht hat sich Opal verlaufen und kommt gerade zum Hotel zurück.«

Alvirah nickte. »Ach, wenn es nur so wäre. Lasst uns die Daumen drücken.«

Sie verließen mit schnellen Schritten die Lichtung, auf der immer noch massenweise Fernsehkameras und Reporter zu sehen waren. Noch bevor sie ihren Parkplatz erreicht hatten, meldete sich Alvirahs Handy. Alle hielten den Atem an, als Alvirah eilig das Telefon aus ihrer Tasche zog.

Aber es war wieder Charley Evans, Alvirahs Herausgeber. »Alvirah, die Geschichte wird immer toller. Im Moment ist sie auf allen Fernsehstationen. Leute aus dem ganzen Land schicken E-Mails, um ihre Entrüstung über den Schurken kundzutun, der den Baum entführt hat. Die Leute sagen, der Baum ist ein Stück Amerika, und sie wollen ihn wieder haben.«

»Das finde ich gut«, sagte Alvirah, aber sie war nur mit halbem Herzen dabei. Sie konnte an nichts anderes mehr denken als an Opal. Charleys nächste Bemerkung freilich ließ ihr das Blut in den Adern gefrieren.

»Und was Packy Noonan angeht, halt dich fest: Einer seiner Zimmergenossen aus dem Übergangswohnheim hat die Nachrichten gesehen, wo von dem entführten Baum in Stowe die Rede war und von Packy, der in einem Vermonter Van geflüchtet ist. Der Mann hat sich bei der Polizei gemeldet und angegeben, dass Packy die ganze Zeit im Schlaf gesprochen hat. Er hat immer wieder gemurmelt: ›Ich muss die Flasche holen.‹«

»Ich muss die Flasche holen«, wiederholte Alvirah. »Na, ich vermute mal, er hat dreizehn Jahre keinen Drink zu sehen bekommen. Vermutlich hat er die ganze Nacht von ein paar ordentlichen Cocktails geträumt.«

»Aber es ging noch weiter, und jetzt wird es wirklich spannend«, fuhr Charley fort.

»Nämlich?«

»Er sagte immer wieder ›Stowe‹. Der Zimmergenosse hat das erst gar nicht mit der Stadt in Verbindung gebracht, bis er heute früh die Sache mit dem Vermonter Kennzeichen hörte.«

»Ach du lieber Himmel!«, entfuhr es Alvirah. »Die Freundin, von der ich dir erzählt habe, dass sie bei Packys Betrug so viel Geld verloren hat, und die mit uns hier ist, diese Freundin ist verschwunden.«

»Verschwunden?«

Alvirah wusste, dass Charley jetzt seine Antennen für eine gute Story ausgefahren hatte. »Sie ist heute sehr früh zum Langlaufen gegangen und bis jetzt nicht wieder aufgetaucht. Wir hätten uns schon vor Stunden treffen sollen.«

»Wenn sie Packy Noonan begegnen würde, würde sie ihn wieder erkennen?«, fragte Charley.
»So sicher wie ihre eigene Nase.«
»Dann kann ich mir vorstellen, wie viel Sorgen Sie sich jetzt machen. Ich hoffe, Ihre Freundin taucht bald wieder auf. Halten Sie mich auf dem Laufenden«, fügte Charley eilig hinzu.
Alvirah berichtete den anderen von Packys nächtlichen Selbstgesprächen.
»Ich muss die Flasche holen«, wiederholte Regan nachdenklich. »Wenn es ihm um einen Drink ging, brauchte er keine Flasche. Das muss etwas anderes zu bedeuten haben.«
»Viele Leute benutzen zum Beispiel Feldflaschen, um ihre Ration Alkohol darin zu verstecken«, sagte Nora. »So können sie immer mal schnell einen Schluck nehmen, wenn sie sich unbeobachtet fühlen.«
»Denk doch nur an deinen Onkel Terry, Nora«, sagte Luke. »Niemand konnte seinen Schnaps so raffiniert tarnen wie er.«
»Dad, könntest du die herzerwärmenden Familiengeschichten noch ein bisschen aufschieben, bis meine Hochzeit sicher unter Dach und Fach ist?«, bat ihn seine Tochter Regan.
»Ach, warte nur, bis du meine Verwandtschaft kennen lernst«, lächelte Jack ihr zu. Aber dann wurde er schnell wieder ernst. »Ich frage mich wirklich, warum Packy Noonan von einer Flasche geträumt hat.«
»Ihr Lieben, ich finde es ja auch mächtig interessant, was Packy mit der Flasche gemeint hat«, warf Alvirah schnell dazwischen, »aber im Moment finde ich viel wichtiger, dass er von Stowe gesprochen hat.«

Opal war natürlich nicht in ihrem Häuschen, und sie war offensichtlich auch nicht dort gewesen, um zu packen. Alles lag noch genauso da wie Stunden zuvor, als

Alvirah und Willy das Haus verlassen hatten. Alvirahs Nachricht lag auch noch auf der Küchenbar.
Sie eilten zum Haupthaus und fragten an der Rezeption nach.
»Unsere Freundin Opal Fogarty ist verschwunden«, sagte Alvirah. »Haben Sie irgendwelche Nachrichten über jemanden, der draußen in der Loipe verletzt wurde?«
Das Mädchen an der Rezeption sah sehr besorgt aus, schüttelte aber den Kopf. »Nein, aber ich kann Ihnen versichern, dass wir die Loipen ständig kontrollieren. Ich sage im Sportgeschäft Bescheid, dass sie nach ihr Ausschau halten sollen. Wie lange ist sie denn schon fort?«
»Sie hat das Haus sehr früh heute Morgen verlassen und wollte um halb zehn zum Frühstück wieder bei uns sein. Das war vor drei Stunden«, sagte Alvirah, die jetzt wirklich Angst bekam.
»Wir werden sofort mit dem Snowmobil losfahren«, sagte die Rezeptionistin. »Wenn sie nicht bald wieder auftaucht, alarmieren wir den Rettungsdienst in Stowe.«
Den Rettungsdienst. Schon das Wort klang Unheil verkündend in Alvirahs Ohren. »Opal ist auch in den letzten Tagen ständig auf Langlaufskiern unterwegs gewesen«, erklärte sie der Angestellten. »Wissen Sie, ob die Skilehrer im Haus sind, mit denen sie am Samstag- und am Sonntagnachmittag auf Tour war? Wir sind nur am Vormittag mit ihr zusammen gewesen.«
»Moment«, sagte die junge Frau, griff zum Telefon, rief im Sportgeschäft an und stellte einige Fragen. Dann hängte sie wieder auf. »Die Skilehrerin von gestern sagt, dass nichts Ungewöhnliches passiert ist. Die von Samstagnachmittag hat heute frei, aber auch sie hat bei ihrer Rückkehr keine besonderen Vorkommnisse gemeldet.«

»Danke«, sagte Alvirah. Sie gab der Angestellten ihre Handynummer und bat sie, sofort anzurufen, wenn sie irgendetwas von Opal hörte. Dann drehte sie sich zu ihren Freunden um, die alle mit ernsten Gesichtern hinter ihr standen. »Ehrlich gesagt, den Besuch bei meinem Ahornsirup-Baum würde ich jetzt lieber streichen, und ich weiß ja auch, dass ihr zurückmüsst. Also los, fahrt schon mal nach Hause. Ich rufe euch an, sobald Willy und ich irgendetwas erfahren.«

Regan sah Jack an. »Ich muss nicht unbedingt zurück, ich werde bleiben, um den beiden bei der Suche zu helfen.«

»Dann bleibe ich auch«, sagte Jack entschieden.

Nora sah ganz unglücklich aus. »Ich wünschte, ich könnte bleiben, aber ich muss morgen ganz früh das Flugzeug erwischen.« Sie schüttelte den Kopf. »Ich kann mich unmöglich vor diesem Vortrag drücken.«

»Nora, mach dir keine Gedanken«, sagte Alvirah. »Und ihr müsst auch nicht bleiben, Regan und Jack.«

»Wir bleiben da«, sagte Regan mit einer Stimme, die keine Diskussion zuließ.

»Mach dir doch nicht so viel Sorgen, Schätzchen«, sagte Willy zu seiner Frau. »Es wird schon alles gut gehen.«

»Aber Willy«, rief sie, »es ist möglich, dass Packy Noonan hier ist. Er ist auf der Flucht, und Opal ist verschwunden. Wenn die beiden sich tatsächlich über den Weg gelaufen sind, will ich mir lieber nicht ausmalen, was er mit ihr angestellt hat. Er weiß, dass sie ihn hasst wie die Pest und alles dafür tun würde, ihn wieder ins Gefängnis zu bringen. Denn genau da landet er, nachdem er die Bewährungsauflagen missachtet hat.«

»Alvirah, hast du ein Foto von Opal?«, fragte Regan.

»Ich habe nicht mal ein Foto von Willy.«

»War Opals Foto in der Zeitung, als sie in der Lotterie gewann?«

»Ja, auf diese Weise wurde der miese Kerl ja auf sie aufmerksam und entschloss sich, ihr auf die Pelle zu rücken.«

»Dann können wir das Foto vielleicht übers Internet bekommen und Leuten zeigen und fragen, ob jemand sie gesehen hat«, sagte Regan.

»Darum werden Regan und ich uns kümmern«, schlug Jack vor. »Luke und Nora, ihr solltet jetzt wirklich packen und losfahren. Alvirah und Willy, wir treffen uns in einer halben Stunde in eurem Häuschen. Dann werden wir allen Leuten in der Stadt Opals Foto zeigen.«

»Ich habe ein ganz schlechtes Gefühl«, gab Alvirah zu. »Ich mache mir solche Vorwürfe, dass ich sie eingeladen habe, uns zu begleiten. Schon seit wir hier sind, habe ich das Gefühl, dass irgendetwas schief gehen wird.«

Es war fast, als könnte sie das Gas riechen, dass sich langsam in dem Haus ausbreitete, in dem Opal und Milo lagen und ihren künstlichen Schlaf schliefen.

30

Nachdem die Reillys und Alvirah das Haus verlassen hatten, hatte Viddy die leeren Tassen weggeräumt. Lem half ihr, die Tassen in die Küche zu tragen. Der Schock über das morgendliche Geschehen traf Viddy erst jetzt mit voller Wucht. Solange überall Polizei und Kameraleute herumgelaufen waren, war ihr überhaupt nicht richtig klar geworden, was passiert war. Die Fernsehinterviews mit Lem waren aufregend gewesen, und das Treffen mit diesen reizenden Meehans und Reillys war eine schöne Ablenkung gewesen, vor allem, da Nora Regan Reilly Viddys Lieblingsautorin war.

Aber nun konnte sie an nichts anderes mehr denken als an ihren Baum, wie sie und Lem ihn am Tag ihrer Hochzeit gepflanzt hatten und wie Maria von Trapp zufällig den Weg hinuntergekommen war und stehen geblieben war, um ihnen zu gratulieren, und wie sie ihnen erlaubt hatte, sie zu fotografieren. Und dann hatte ich damals tatsächlich den Mut, sie zu fragen, ob sie für uns wohl das schöne österreichische Hochzeitslied singen würde, das ich im Hotel oben schon mal von ihr gehört hatte. Sie war so nett, und das Lied war einfach zauberhaft. Ich weiß noch, ich dachte, dass wir keinen weiteren Baum so nah am Haus pflanzen sollten, damit unsere Kinder auf der Lichtung um unseren Hochzeitsbaum spielen könnten.

Viddys Augen füllten sich mit Tränen, während sie die Tassen ins Spülbecken stellte. Aus den Kindern ist nie etwas geworden, und vielleicht ist es albern, aber wir haben diesen Baum umhätschelt wie ein Baby. Wir haben jedes Jahr seine Höhe gemessen, auch wenn die letzten zehn Jahre jemand kommen musste, weil ich Lem nicht mehr so hoch auf die Leiter lassen mochte.

Als der Überraschungsbesuch ins Haus gekommen war, hatte Viddy eilig die guten Tassen und Untertassen aus dem Geschirrschrank genommen, die sie sonst nur an Thanksgiving und zu Weihnachten benutzte; und selbst dann war sie die ganze Zeit unruhig aus Angst, jemand würde etwas zerbrechen. Sandy, die Frau von Lems Neffen, war wirklich ein liebes Mädchen, aber sie türmte das Geschirr immer so unordentlich auf, wenn sie beim Tischabräumen half. Trotz dieser unerwünschten Art von Hilfe hatte Viddy ihr gutes Geschirr all die Jahre heil erhalten. Hie und da gab es mal eine kleine Macke, aber nichts Ernsthaftes.
Lem, der genau wusste, wie sehr Viddy an ihrem Geschirr hing, stellte die Tassen vorsichtig auf den Küchenschrank. Viddy ging, um sie ins Spülbecken zu stellen, aber plötzlich sah sie nichts mehr vor lauter Tränen, und als sie unwillkürlich versuchte, sie wegzuwischen, ließ sie eine der Tassen fallen. Bevor das gute Stück jedoch ins Spülbecken fiel, wo sie auf einer anderen Tasse gelandet und sicher zerbrochen wäre, griff Lem mit seiner großen Hand zu und rettete sie.
»Ich hab sie, Viddy«, freute sich Lem. »Dein Lieblingsporzellan ist unversehrt.«
Statt einer Antwort rannte Viddy von der Küche ins Schlafzimmer. Dann eilte sie mit dem Fotoalbum ins Wohnzimmer. »Ist mir doch egal, was mit meinem Geschirr passiert«, schluchzte sie. »Ich weiß doch sowieso, wenn ich irgendwann die Augen zumache und Sandy mein Geschirr erbt, dann wird sie es benutzen, um das Abendbrot für die Kinder darauf anzurichten.«
Mit zitternden Fingern öffnete Viddy das Fotoalbum und zeigte auf das letzte Bild, das sie von dem Baum gemacht hatten. »Unser Baum! Ach, Lem, ich hätte so gern die Gesichter der Menschen gesehen, wenn sie ihn in seinem Lichterglanz in New York bestaunt hätten. Ich wollte, dass er wie ein Kunstwerk von allen be-

wundert wird, so richtig mit all dem ›Oooh‹ und ›Aaaa‹. Ich habe mir ein riesengroßes wunderschönes Foto gewünscht, das zwischen den beiden anderen hängen sollte.«

Sie deutete auf die beiden Fotos über dem Kamin. »Ich wollte eine Tonbandaufnahme von den Liedern der Schulkinder, die sie singen sollten, wenn unser Baum beim Rockefeller Center ankommt. Lem, wir sind alt. Jedes Jahr, wenn der Frühling kommt, frage ich mich, ob das nicht vielleicht mein letzter ist. Wir haben wirklich nicht viel Glanz an uns, aber irgendwie hätte unser Baum stellvertretend für uns gefunkelt und geleuchtet. Er sollte etwas Besonderes aus uns machen.«

»Na, na, Viddy«, sagt Lem unbeholfen. »Beruhige dich doch.«

Viddy achtete nicht auf ihn, zog ein Papiertaschentuch aus ihrer Schürzentasche, putzte sich die Nase und sprach weiter. »Im Rockefeller Center haben sie Aufzeichnungen über alle Bäume: wie hoch sie waren, wie breit, wie alt, wer sie gestiftet hat und alle sonstigen Besonderheiten. Vor ein paar Jahren hat ein Kloster den Baum gestiftet, und sie haben ein Bild von der Nonne, die ihn gepflanzt hat, und eins fünfzig Jahre später, als er gefällt wurde. Geschichte, Lem. Unsere Geschichte mit unserem Baum wäre dort verewigt worden, und für alle Zeiten hätten die Menschen sie dort nachlesen können. Und nun liegt unser Baum stattdessen wohl irgendwo in den Wäldern, irgendwo, wo er bald verfaulen wird, und ich sage dir: *Ich halte das nicht aus!*«

Aufschluchzend ließ Viddy das Album fallen, warf sich auf das Sofa und vergrub das Gesicht in den Händen.

Lem starrte sie verwirrt an. In fünfzig Jahren hatte er seine ruhige, zurückhaltende Viddy nie so viel auf einmal reden hören; nie hatte sie so viel Gefühl gezeigt. Ich habe nie begriffen, wie tief ihre Gefühle sind, dachte er. Ich bin nicht sicher, ob mir das gefällt.

Vergiss den Suchtrupp. Er beugte sich herunter und nahm ihr Gesicht zwischen seine Hände.

»Lass mich in Ruhe, Lem, lass mich einfach ein Weilchen in Ruhe.«

»Ich lasse dich gleich in Ruhe, Viddy, aber erst will ich dir etwas sagen. Hör mir zu. Hörst du mir zu?«

Sie nickte.

Er sah ihr in die Augen.

»Hör auf zu weinen, denn ich werde dir jetzt etwas versprechen. Ich habe deine Tasse gerettet, hast du das gesehen?«

Sie nickte und schniefte.

»Gut. Ich vermute nach wie vor, dass dieser elende Wayne Covel den Baum gefällt hat. aber du hast ja gehört, was die Leute vom Rockefeller Center gesagt haben: Er – oder wer auch immer den Baum gefällt hat – hat den Kran dafür gebraucht, um den Baum auf den Tieflader zu bringen. Das heißt, der Baum sollte eigentlich immer noch in guter Verfassung sein. Nun, vielleicht hat das Stinktier den Baum tatsächlich entführt, aber er kann nicht weit damit gekommen sein, schließlich war er noch im Nachthemd, als ich heute früh an seine Tür klopfte. Kann sein, dass er den Baum versteckt hat, indem er ihn irgendwo im Wald abgelegt hat, aber einen Tieflader kann er nicht einfach so verstecken. Unser Baum muss noch irgendwo in der Nähe sein, und ich werde ihn finden. Ich werde die Stadt Zoll für Zoll auf den Kopf stellen. Ich werde mir jedes Grundstück mit einem großen Hinterhof ansehen, und ich werde in jede Scheune hineinsehen, die groß genug für einen Tieflader ist. *Und ich werde unseren Baum finden.*«

Lem richtete sich kerzengerade auf. »So sicher, wie ich Lemuel Abner Pickens heiße: Ich werde erst zurückkommen, wenn ich unseren Baum gefunden habe. Glaubst du mir das, Vidya?«

Viddy verzog ungläubig das Gesicht. »Glaubst du mir, Vidya?«, fragte Lem wieder, in strengem Tonfall.

»Ich würde dir so gern glauben. Lass dich bloß nicht verhaften, weil du auf fremden Grundstücken herumläufst.«

Aber Lem war schon zur Tür hinaus.

»Und lass dich nicht erschießen!«, rief sie ihm noch nach.

Lem hörte sie nicht mehr. Wie Don Quichotte ging er seiner Wege – ein Mann mit einer Mission.

31

Willst du dir jetzt alle diese Autos ansehen?«, maulte Jo-Jo. »Man könnte ja meinen, sie verschenken hier Diamanten.«

»Wie schaffst du es bloß immer, das rechte Wort zur rechten Zeit zu finden?«, schnappte Packy zurück. »Die sind alle hier, um sich den blöden Baumstumpf anzusehen, den wir hinterlassen haben.«

Auf der Straße zu Lem Pickens' Farm rollten die Wagen in ununterbrochener Reihe, es wurde am Straßenrand geparkt, und die Leute gingen den Rest des Weges in den Wald zu Fuß. Man hätte denken können, die Football-Saison würde eröffnet.

»Ein Wunder, dass sie nicht Schlange stehen«, lästerte Packy. »Was soll bloß das Theater um diesen blöden Baum? Wenn sie die wahre Geschichte ...«

»Würden sie die wahre Geschichte dieses Baums kennen, wäre hier noch wesentlich mehr Verkehr«, sagte Jo-Jo pragmatisch.

Die Straße machte eine leichte Biegung. Als sie sich der Einmündung des Feldweges näherten, standen die Wagen in dichter Reihe am Straßenrand.

»Hier muss es sein«, murmelte Packy, als sie nach weiteren dreihundert Metern an einen Stacheldrahtzaun kamen, der die Grundstücksgrenze zwischen Lem Pickens und Wayne Covel markierte.

Ein Übertragungswagen stand mitten in der Auffahrt zu dem baufälligen Haus, das sie im Fernsehen gesehen hatten, als Lem Pickens so heftig an Wayne Covels Tür gehämmert hatte und ihn mit Beschuldigungen förmlich überschüttet hatte. Eine Gruppe von Reportern stand bei einem riesigen Baum im Vorgarten des Hauses.

»Das muss der Zweitplatzierte im Schönheitswettbe-

werb sein«, stellte Packy fest. »Wenn ich Zeit dazu hätte, würde ich ihn jetzt fällen.«
»Schade, dass er nicht gewonnen hat«, sagte Jo-Jo. »Dann hätte Covel nicht an unserem Baum herumgeschnüffelt. Und da ist er auch schon, siehst du?«
Wayne Covel stand in der offenen Tür und grinste in die Kameras.
»Sehr gut, das kann uns nur helfen«, sagte Packy schnell. »Solange sich hier alles auf den Vorgarten konzentriert, sehen wir, was wir hinter dem Haus erreichen können.«
Er fuhr weiter um die Kurve, wo schon einige andere Wagen geparkt waren, suchte sich einen Parkplatz zwischen zwei anderen Fahrzeugen und stellte Milos Schrotthaufen an eine Stelle, wo er möglichst wenig gesehen werden konnte.
Dann zog er sich die Skimütze so tief ins Gesicht, wie er nur konnte, öffnete die Fahrertür und stieg aus dem Wagen. Er beugte sich noch einmal hinein und griff nach der Papiertüte, die Wayne Covels gravierte Machete enthielt. Gott sei Lob und Dank für die Leute, die so viel Wert auf persönliche Geschenke legen, dachte er, sonst säßen wir jetzt ganz schön in der Tinte. Andererseits, wer kommt schon auf die Idee, seinen Namen in eine Machete gravieren zu lassen? Sentimentaler Quatsch.
Mit einem nervösen Blick in Richtung Kofferraum stieg nun auch Jo-Jo aus und trottete hinter Packy her, der sich sofort in den Wald schlug. Sie erreichten die hintere Seite von Wayne Covels Haus, wo sie aus ihrer Deckung einen kleinen Schuppen ausmachen konnten, dessen Tür geöffnet war. Ein Pickup stand darin.
»Und was jetzt, Packy?«, flüsterte Jo-Jo. »Denkst du, wir kommen vielleicht durch die Kellertüren rein?« Er deutete auf die rostigen Metalltüren, die vom Boden abstanden und offensichtlich in den Keller führten.

»Erst einmal will ich dieses Auto ein bisschen manipulieren, sodass er damit nicht wegkann, wenn er auf die Idee kommt, abzuhauen, bevor wir die Diamanten gefunden haben. Ich werde ein paar Kabel rausreißen, das sollte genügen.«

»Eine gute Idee, Packy«, sagte Jo-Jo bewundernd. »Wie die Nonnen in dem Film über die Trapp-Familie. Erinnerst du dich an die Szene, wo die Nonnen der Mutter Oberin beichten, dass sie gesündigt haben?«

»Schnauze, Jo-Jo. Warte hier. Ich gebe dir ein Zeichen, wenn ich fertig bin, und dann rennen wir rüber zu den Kellertüren.«

Packy lief über das offene Gelände hinüber zu dem Schuppen, wobei er die ganze Zeit zu seiner toten Mutter betete, dass ihn niemand sehen möge. In zwei Minuten hatte er die Motorhaube des Wagens aufgerissen, ein paar Drähte mit Covels Machete durchtrennt und die Motorhaube mit dem befriedigten Gefühl wieder zugeschlagen, dass diese Machete jetzt endlich einmal in seinem Sinne arbeitete. Als Nächstes kam ihm allerdings in den Sinn, dass diese Machete zuletzt benutzt worden war, um seine Thermosflasche mit den Diamanten von dem Ast zu befreien, an dem sie mehr als dreizehn Jahre lang gut und sicher befestigt gewesen war. Er wartete an der Tür des Schuppens, bis er sich einigermaßen sicher sein konnte, dass die Luft rein war. Dann rannte er diagonal über den Hof zu den Kellertüren. Ein Vorhängeschloss, das aussah, als ob es seit vielen Jahren unberührt dort gehangen hatte, zerbrach unter einem Schlag mit der Machete. Packy beugte sich nach vorn, hielt die Luft an und öffnete eine der Kellertüren. Das Kreischen der rostigen Scharniere ließ ihm fast das Blut in den Adern gefrieren. Er hob die Klappe hoch genug, um sich hinunterzwängen zu können, bevor er Jo-Jo ein Zeichen gab, nachzukommen. Mit Angst und Schrecken sah er, wie Jo-Jo über den Hof schlurfte. Er hielt die Tür auf, damit Jo-Jo sofort verschwinden konnte, aber Jo-Jo blieb stehen. »Soll ich nicht vielleicht das Vorhängeschloss mitnehmen?«, fragte er in einem Ton, der ihm selbst wohl vorkam wie ein Flüstern. »Ich meine, stell dir vor, jemand spaziert hier hinten herum und sieht das Schloss da liegen und sagt sich: ›He, was ist denn das?‹«

»Nimm es mit, und komm rein!«

Packy ließ die Tür über Jo-Jos Kopf sinken, und für einen Augenblick sahen sie gar nichts.

»Hier stinkt's«, sagte Jo-Jo.

»Nicht schlimmer als in einem Fitnessstudio, aber so etwas hast du ja offenbar lange nicht von innen gesehen.«

»Ich bin mehr für Strand.«

Als sich ihre Augen an die Dunkelheit gewöhnt hatten, sahen sie ein schmutzverkrustetes Fenster, durch das ein wenig Licht fiel. Packy schaltete seine Taschenlampe ein und sah sich um, während er sich vorsichtig seinen Weg über den holprigen Zementboden suchte. Die Waschmaschine klapperte.

»Wer wäscht denn um diese Tageszeit?«, fragte Jo-Jo.

»Vielleicht versucht er die Sachen sauber zu kriegen, die er getragen hat, als er den Ast abgesägt hat. Beweismittel vernichten, du weißt schon, Packy. Im Film machen sie so was auch immer.«

»Ich wusste gar nicht, dass du so ein Filmfreak bist«, schnauzte Packy ihn an.

Neben der Waschmaschine war eine roh zusammengezimmerte Tür zu sehen, die einen kleinen Raum abtrennte. Packy öffnete die Tür und warf einen Blick hinein. »Hier verstecken wir uns, bis wir sicher sind, dass Covel allein im Haus ist.« In dem winzigen Raum stand eine Werkbank, und einige Werkzeuge lagen herum.

Die Tür vom Erdgeschoss wurde geöffnet, und die nackte Glühbirne, die an einem Leitungsdraht über der

Treppe hing, flackerte auf. Packy und Jo-Jo zogen sich sofort in die kleine Werkstatt zurück, genau in dem Augenblick, als eine Ladung schmutziger Wäsche die Kellertreppe heruntergeworfen wurde. Das Licht ging wieder aus, und die Tür wurde zugeknallt.

Jo-Jo blickte auf die Schmutzwäsche, die auf dem gesamten Kellerboden verteilt lag. »Meine Güte, was ist der Kerl für eine Schlampe. Und es wäre wirklich nicht nötig gewesen, uns derart zu erschrecken.«

Packy schlug das Herz bis zum Hals. »Das wird nicht einfach. Wir müssen herausfinden, ob er allein ist.«

Sie traten wieder aus der Werkstatt heraus, und Packy ließ den Lichtstrahl seiner Taschenlampe über die schmutzigen Kleider am Fuß der Treppe wandern. Mit der Gewalt eines Tornados startete die Waschmaschine ihren Schleudergang.

»Das Ding hört sich an, als wollte es gleich abheben«, sagte Jo-Jo in atemlosem Staunen.

Zu ihrer beider Schrecken wurde die Tür vom Erdgeschoss wieder geöffnet. Diesmal stolperte Jo-Jo in seiner Eile auf dem Weg in die Werkstatt über eins von Wayne Covels Flanellhemden. Er versuchte, sich mit den Handflächen abzufangen, als er auf den rauen Zementboden stürzte. Dabei kratzte seine Hand über etwas, das sich anfühlte wie ein scharfer Stein.

Mit einem mühsam unterdrückten Aufjaulen schüttelte er seine Hand und blickte auf den Boden. Der Stein glitzerte. Er griff danach und hielt ihn fest in der Hand, als er sich auf Händen und Knien in die Werkstatt bewegte.

Eine weitere Ladung Schmutzwäsche flog die Treppen herunter, und wieder wurde die Tür zugeknallt.

»Ich hab mir die Hand aufgekratzt«, beklagte sich Jo-Jo, während er versuchte, zu Atem zu kommen. »Aber ich habe den Eindruck, es hat sich gelohnt.« Er öffnete die Hand und hielt sie hoch. »Sieh es dir an.« Packy beugte sich herüber und richtete den Lichtstrahl der Taschenlampe auf Jo-Jos Handfläche.

Dann griff er nach dem ungeschliffenen Diamanten, den er seit mehr als dreizehn Jahren nicht gesehen hatte, und küsste ihn. »Siehst du, jetzt ist Papa wieder da«, murmelte er.

»Bist du sicher, dass das einer von deinen ist?«, fragte Jo-Jo. »Ich meine, von *unseren*?«

»Ja, da bin ich ganz sicher! Das ist einer von den gelben. Du weißt es wahrscheinlich nicht, aber du siehst hier gerade etwa zwei Millionen Dollar in meiner Hand. Was zum Teufel hat der Idiot mit den anderen Steinen gemacht?«

»Vielleicht sollten wir mal die schmutzige Wäsche durchsuchen«, schlug Jo-Jo vor. »Ich finde das zwar reichlich unappetitlich, aber es könnte sich lohnen.«

»Gute Idee, fang schon mal an«, befahl Packy. Er griff nach der Machete. »Ich schleiche die Treppe hinauf und horche, ob er allein ist. Wenn ja, dann schnappen wir ihn uns jetzt gleich.«

32

Bewaffnet mit Fotokopien von Opals strahlend glücklichem Gesicht, als sie den Scheck mit ihrem Lotteriegewinn hochhielt, kamen Regan und Jack zurück zu Alvirahs und Willys Hütte. Unter das Foto hatten sie die Information geschrieben, dass Opal vermisst wurde, und sie baten jeden, der sie gesehen hatte oder irgendwelche Informationen hatte, entweder Alvirahs Nummer anzurufen oder sich an die örtliche Polizei zu wenden.

»Wir haben ein paar Kopien im Hotel aufgehängt«, sagte Regan. »Jack und ich haben herausgefunden, auf welchem Weg ihre Gruppe gestern unterwegs war. Wir werden den Weg ablaufen und ihr Bild an einigen Bäumen am Wegrand anbringen, und wenn es in der Nähe irgendwelche Häuser gibt, werden wir an der Tür klingeln.«

»Und wir werden nach dem weißen Van mit dem Skiträger Ausschau halten«, ergänzte Jack. »Ich habe in meiner Dienststelle angerufen und sie gebeten, mich auf dem Laufenden zu halten, wenn sie irgendetwas Neues von Packy Noonan hören. Sie waren ganz aus dem Häuschen, als sie hörten, dass ich vor Ort war, als der Baum fürs Rockefeller Center gestohlen wurde. Ich habe einem von meinen Jungs gesagt, er soll auch diesen Fall im Auge behalten und mich informieren.«

Sie saßen im Wohnzimmer der Hütte, die jetzt leider so ganz ohne die fröhliche, warme Stimmung war, die noch vor kurzem hier geherrscht hatte. Alvirahs Gefühl, dass Opal sich in großer Gefahr befand, wurde mit jeder Minute stärker. »Opal könnte überall sein«, sagte sie mit hörbar angespannter Stimme. »Sie können sie in ein Auto gezerrt haben. Sie ist so früh unterwegs gewesen, dass sicher noch nicht viele Leute draußen waren. Willy und ich werden in die Stadt gehen und ein paar von den Bildern aufhängen und die Leute auf der Straße befragen. Wir müssen los, bevor es zu spät ist. Ich weiß, ich habe das schon mal gesagt, aber ich glaube wirklich, Opal ist in Lebensgefahr, und jede Sekunde zählt.«

»In einer Stunde rufen wir uns wieder zusammen«, schlug Regan vor. »Jack und ich, wir haben beide ein Handy, und ihr habt ja auch eins bei euch.«

Sie verließen die Hütte zusammen. Willy und Alvirah stiegen in ihr Auto, während Regan und Jack sich zu der Loipe begaben, auf der Opal mit ihrer Gruppe unterwegs gewesen war, und dem Weg in den Wald folgten. Heute war kein Mensch dort zu sehen. Während sie gingen, fragte Regan: »Jack, was denkst du, wie wahrscheinlich ist es, dass Opal Packy Noonan begegnet ist?«

»Sie ist heute früh losgegangen, um irgendetwas herauszufinden, und sie ist nicht zurückgekommen. Wenn sie etwas Verdächtiges beobachtet hatte und Packy Noonan tatsächlich in der Gegend ist ...« Er hob beide Hände. »Wer kann das wissen, Regan?«

Der Schnee knirschte unter ihren Füßen, als sie dicht nebeneinander durch den Wald gingen. Ihre Blicke eilten zu beiden Seiten zwischen den Bäumen hindurch.

»Vielleicht hat er hier irgendwo einen Freund, der ihn versteckt«, sagte Regan. »Aber warum sollte er das Risiko eingehen? Schließlich war er zwölf Jahre im Gefängnis. Seine Schuld gegenüber der Gesellschaft hat er bezahlt. Wie du gestern Abend schon gesagt hast, riskiert er eine ganze Menge, indem er seine Bewährungsauflage missachtet. Weißt du, Jack, es ist schon wirklich ein seltsames Zusammentreffen, dass Packy Noonan für Lem Pickens gearbeitet hat und dass ausgerechnet Lems Baum gefällt wurde, keine vierundzwanzig Stunden nachdem Packy verschwunden ist, und das ausgerechnet in einem Van mit Vermonter Kennzeichen. Ich habe keine Ahnung, warum er sich die Mühe macht, einen Baum zu fällen, aber es ist wirklich ein bisschen viel Zufall auf einmal, findest du nicht?«

Jack nickte. Tief in Gedanken versunken, gingen sie weiter den Skiwanderweg entlang, und alle dreihundert Meter hängten sie eines der Bilder von Opal an einen Baum. Sie klopften an die Türen der wenigen Bauernhäuser, an denen sie vorbeikamen, aber niemand erkannte Opal oder hatte irgendetwas Ungewöhnliches beobachtet. Wenn die Leute überhaupt zu Hause waren, saßen sie vor dem Fernseher und sahen die Nachrichten über Lem Pickens' entführten Baum.

»Die zwei sind nie miteinander ausgekommen«, sagte eine Frau boshaft. »Aber wenn Sie mich fragen: Wayne Covel hätte nie den Mumm, diesen Baum da zu fällen und wegzuschaffen. Vergessen Sie's! Ich habe ihn mal für ein paar Hilfsarbeiten hier gehabt, und es dauerte ewig und drei Tage, bis er damit endlich fertig war.« Sie lud die beiden auf eine Tasse Kaffee ein, aber Regan und Jack lehnten dankend ab.

Während sie weiter dem Skiwanderweg folgten, sagte Regan: »Jetzt sind wir eine Stunde unterwegs. Ich werde mal Alvirah anrufen.« Aber als sie Alvirahs entmutigten Tonfall hörte, war sofort klar, dass sie und Willy keinen Erfolg gehabt hatten: Niemand konnte ihnen weiterhelfen.

Regan hatte gerade ihr Telefon zugeklappt, als Jacks Handy zu klingeln begann. Es war seine Dienststelle. Regan beobachtete, wie sich sein Gesichtsausdruck veränderte, während er zuhörte. Als er das Telefon zuklappte, sah er sie eindringlich an. »Sie haben die Zulassung von dem Tieflader überprüft, der verlassen an der Straße stand. Er war auf einen Typen zugelassen, der überhaupt nichts von dem Baum wusste, aber weißt du was: Er ist ein Cousin von den Como-Zwillingen, Jo-Jo und Benny, die damals bei Packy Noonans Betrugsfirma seine Compagnons waren. Und jetzt halt dich fest: Sie haben Bennys Fingerabdrücke auf dem Lenkrad gefunden.«

»Ach du meine Güte«, sagte Regan gefährlich ruhig. »Am Ende ist Opal an diese beiden Typen geraten.«

»Eigentlich ging jeder davon aus, dass die zwei außer Landes gegangen sind«, sagte Jack. »Aber vielleicht stimmt das gar nicht.«

»Vielleicht war Benny mit dem Van in New York und hat Packy dort abgeholt«, spekulierte Regan. »Aber was soll die Geschichte mit dem Tieflader? Meinst du wirklich, Packy Noonan hat etwas mit dem Verschwinden des Baums zu tun? Warum denn bloß?«

»Er hat die Pickens' besucht, weniger als ein Jahr vor seiner Verhaftung. Vielleicht hat er nach einem Versteck für seine Beute gesucht. Wir wissen ja beide, dass viele Verbrecher kein großes Vertrauen zu Banken und Schließfächern haben, nicht mal zu einem Bankkonto an Orten wie den Cayman Islands.«

»Er hat Millionen von Dollar erbeutet«, sagte Regan. »Er kann das unmöglich alles in bar versteckt haben. Das wäre nämlich ein Riesenkoffer voll Geld.«

»Viele Diebe legen ihr Geld anderweitig an, zum Beispiel in Edelsteinen oder kostbarem Schmuck«, stellte Jack fest. »Das ist für uns oft auch schwieriger wieder aufzuspüren.«

»Aber wenn er Edelsteine oder Schmuckstücke in Lem Pickens' Baum versteckt hatte, warum hätte er sich die Mühe machen sollen, den Baum abzusägen, um sie zu holen?«, fragte Regan. »Es macht einfach keinen Sinn. Wir sollten Alvirah informieren. In ein paar Minuten ist es in den Nachrichten; vielleicht hat der Zeitungsmensch auch schon bei ihr angerufen.« Sie wählte wieder Alvirahs Nummer.

Alvirah hatte es tatsächlich soeben von Charley erfahren. »Regan, wir gehen jetzt zum Hotel zurück«, sagte sie. »Ich habe das Gefühl, wir vergeuden hier in der Stadt nur unsere Zeit. Ich muss noch mal mit der Frau an der Rezeption reden, vielleicht erfahre ich dann, wer in Opals Skikurs dabei war. Ich hoffe nur, sie sind nicht alle schon abgereist. Und ich will noch mal versuchen, ob ich mit der Skilehrerin reden kann, die heute freihat.«

»Wir treffen uns dann dort. Wir sind jetzt ohnehin am Ende des Wanderwegs angekommen.«

Eine Sackgasse, dachte Regan, als sie das Telefongespräch beendete. In jeder Hinsicht eine Sackgasse.

33

Lem sprang in seinen Pickup und fuhr mit dröhnendem Motor die Auffahrt hinunter. Sein einziger Trost war das Wissen, dass inzwischen eine Belohnung für das Auffinden seines Baumes ausgesetzt worden war. Das bedeutete, dass vermutlich bereits sehr viele Leute nach ihm suchten. Es war ihm gleichgültig, ob jemand anderer den Baum vor ihm fand und die zehntausend Dollar kassierte, die das Rockefeller Center ausgesetzt hatte. Er wollte nur eins: Sein Baum sollte, bildschön wie einst, sich auf den Weg nach New York machen und dort im Lichterglanz erstrahlen. Er stellte sich Viddys Gesicht vor, wenn der Schalter umgelegt würde und die Zweige des Baums von Tausenden von Lichtern angestrahlt würden.

Am Ende seiner Auffahrt bog Lem ab und trat aufs Gaspedal. Er plante, zuerst bei Wayne Covel vorbeizufahren und nachzusehen, was dort vor sich ging. Von dort aus würde er eine Scheune nach der anderen absuchen, ebenso einige der Sackgassen an den Stadträndern, wo die Skifahrer sich ihre Wochenendhäuschen gebaut hatten. Viele dieser Leute kamen erst nach Thanksgiving hierher. Es konnte gut sein, dass Covel den Tieflader des Rockefeller Centers in irgendeine dieser Sackgassen gefahren und dort einfach stehen gelassen hatte. Dort würde ihn niemand finden, wenn man nicht gezielt danach suchte.

Er schaltete das Radio ein. Der Lokalsender brummte förmlich vor lauter Nachrichten über den Baum.

»Wenn ich Wayne Covel wäre und nichts mit dem Verschwinden des Baums zu tun hätte, würde ich Lem Pickens auf Schadenersatz verklagen – er müsste mir büßen, mit jedem einzelnen Baum, der noch auf seinem Grundstück steht, mit jedem einzelnen Huhn in seinem

Stall, mit jedem einzelnen Goldzahn, den er noch im Mund hat«, sagte der Moderator gerade. »Es darf einfach nicht sein, dass man in diesem Land jemanden öffentlich verleumdet und ungeschoren davonkommt. Nun, wir haben unseren Rechtsexperten im Studio …«
Mit einem leicht unguten Gefühl schaltete Lem das Radio aus. »Ihr habt doch keine Ahnung, was Gerechtigkeit ist«, sagte er und spuckte jedes Wort förmlich aus. »Manchmal muss man die Dinge einfach in die eigenen zwei Hände nehmen. Viddy braucht ihren Baum, da kann ich doch nicht ruhig herumsitzen und warten, bis die Bullen ihn vielleicht irgendwann finden. Wahrscheinlich brauchen die ja für jede einzelne Scheune einen Durchsuchungsbefehl.«
Langsam fuhr er an Wayne Covels Haus vorbei. Der Anblick von Waynes großem Baum brachte sein Blut schon wieder in Wallung. Wenn dieser Baum demnächst vor dem Rockefeller Center steht statt meinem – das überlebt Viddy nicht, dachte er. Die Reporter hatten sich inzwischen auf Covels Auffahrt niedergelassen, und er bemerkte, dass eine ganze Reihe von Leuten, die er aus der Stadt kannte, hier herumstanden und den Baum in Covels Vorgarten bewunderten. Er wusste, dass einige von ihnen Covel nicht ausstehen konnten, aber schließlich gab es ja die Chance, ins Fernsehen zu kommen. Ekelhaft!
An der Ecke bemerkte er das Auto des Dichters, unverwechselbar durch die festgebundene Stoßstange. Er hätte nicht übel Lust gehabt, ihm die Luft aus den Reifen zu lassen. Wie konnte dieser Idiot Viddys Zeit verschwenden, indem er ihr einen ganzen Abend lang seine grottenschlechten Gedichte vorlas? Am Ende der Lesung hatte er sogar die Stirn besessen, Kopien mit seinem Geschreibsel auszuteilen, vor allem mit dem Gedicht über die Fruchtfliege. Viddy hatte gesagt, er wolle es mit allen Menschen teilen.

Lem fuhr weiter. Vielleicht sollte ich zuerst an den Stadtrand fahren, entschloss er sich. Selbst Covel ist vermutlich nicht so blöd, den Baum in der Nähe seines Hauses zu behalten.
Die nächsten eineinhalb Stunden verbrachte er damit, ungebeten auf fremdem Grund und Boden herumzulaufen, überall in der Stadt. Er marschierte in Scheunen, öffnete Türen, kletterte sogar herum und schaute in Fenster hinein, wenn das der einzige Weg war, einen Blick in ein Gebäude zu werfen, das groß genug war, um einen Tieflader aufzunehmen. Er ließ sich von gackernden Hühnern, wiehernden Pferden und einem Hofhund erschrecken und sogar davonjagen. Der Hund schnappte nach seinen Beinen, als er sich hastig davonmachte.
Inzwischen hatte er einen ordentlichen Hunger entwickelt, aber er konnte ja nicht nach Hause, solange er Viddy ohne den Baum unter die Augen treten musste. Also stieg er wieder in seinen Pickup und schaltete das Radio ein, um festzustellen, ob es irgendwelche Neuigkeiten über den Verbleib des Baumes gab. So hörte er die Nachrichten über Benny Comos Fingerabdrücke auf dem Tieflader, den man verlassen aufgefunden hatte. Er schlug mit der flachen Hand auf das Lenkrad. »Dann war es Packy Noonan!«, rief er. »Schon damals, als er hier vor dreizehn Jahren auftauchte, hatte ich ein komisches Gefühl im Bauch. Aber ich wollte so gern glauben, dass er sich gebessert hätte. Und dabei hatte Viddy den Kerl immer im Verdacht, ihre Kameenbrosche geklaut zu haben. Jetzt hoffe ich bloß, dass Packy mit Wayne Covel unter einer Decke steckt. Wenn Covel nämlich unschuldig ist, kriege ich jede Menge Schwierigkeiten. Dann steht Viddy nicht nur ohne ihren Baum da, sondern dann ist sie auch bald das Dach über dem Kopf los.« Er entschloss sich, nicht weiter darüber nachzudenken.

Lem gab den Plan auf, für ein kurzes Mittagessen beim Diner anzuhalten. Ich muss meinen Baum finden, dachte er hektisch.

Eins nach dem anderen.

34

Packy kauerte am oberen Ende der Kellertreppe, im vollen Bewusstsein, dass Wayne Covel jeden Augenblick einen dritten Anfall von Haushaltswut bekommen konnte und dass dann die nächste Ladung schmutziger Wäsche in den Keller fliegen würde. Was so viel bedeutet wie: Ich kriege das ganze Zeug ins Gesicht, dachte Packy. Aber wir können nicht mehr lange warten, entschied er.

Die Knie und der Rücken taten ihm weh, denn er saß jetzt schon seit vierzig Minuten so.

Zuerst war Dennis Dolan an der Tür gewesen, ein Reporter irgendwo aus Vermont, und Wayne hatte ihn eingeladen, hereinzukommen und eine Tasse Kaffee oder ein kühles Bierchen zu trinken. Dolan erklärte, dass er eine Geschichte über Wayne schreiben wollte, falls sein Baum tatsächlich vor dem Rockefeller Center aufgestellt würde.

Packy hatte sich also Waynes ganze Lebensgeschichte angehört, einschließlich der Tatsache, dass ihm seine Ex-Freundin Lorna gerade heute früh eine E-Mail geschickt hatte.

Als Dolan endlich seine letzte dämliche Frage gestellt und dann verschwunden war, ging Wayne wieder in die Küche und stellte den Ton des Fernsehers lauter. Mit der Machete in der Hand und Jo-Jo hinter sich, bewaffnet mit Klebeband und einem Seil, war Packy gerade drauf und dran gewesen, die Tür aufzustoßen und sich auf Covel zu stürzen, als ein lautes Klopfen an der Haustür diesen Plan zunichte machte. Covel ging, um zu öffnen, und begrüßte irgendjemanden besonders herzlich. Aus dem Gespräch hinter der Tür entnahm Packy, dass es sich um einen Saufkumpan handelte, einen Mann namens Jake, der vorbeigekommen war, um

Wayne moralisch zu unterstützen, was Lem Pickens' Anschuldigungen anging. Inzwischen hatte Packy die Tür zur Küche einen Spalt breit geöffnet und konnte alles mit anhören.

»Wayne, alter Junge, ich habe den Reportern da draußen gesagt, dass Lem vollkommen spinnt. Er kann dich einfach nicht ausstehen, und das war ja schon immer so. Er muss richtig froh gewesen sein, dir endlich mal ordentlich was anhängen zu können, oder? Ich vermute, wenn sein Baum nicht wieder auftaucht, werden sie dich auf Knien bitten, ob sie deinen haben können. Und dazu wollte ich dir noch einen kleinen Tipp geben. Für den Fall, dass sie dich bitten, vor der Kamera neben dem Baum zu stehen, wenn sie ihn fällen, solltest du unbedingt noch mal 'ne Runde zum Friseur drehen und dir die Haare schneiden lassen. Ich bin gerade auf dem Weg dahin, willst du mitfahren?«

Bei diesem Vorschlag hätte Packy beinahe frustriert aufgeschrien. Aber Wayne lehnte das freundliche Angebot dankend ab.

»Vielleicht musst du dir ja auch gar nicht die Haare schneiden lassen, aber du solltest dir auf jeden Fall den Schnurrbart trimmen und dich ordentlich rasieren, obwohl, mit all den Kratzern im Gesicht könnte das vielleicht gar nicht so einfach sein«, fuhr Jake fort. »Na, wie auch immer, ich mach mich jetzt einfach mal auf den Weg.«

Als er die Kratzer in Waynes Gesicht erwähnte, fasste Packy die Machete ein bisschen fester. Die hast du dir geholt, als du meine Steine geklaut hast, dachte er.

Wayne öffnete die Haustür, um den Freund hinauszulassen, und dankte ihm für seinen Besuch. Aber dann hörte Packy zu seiner großen Verzweiflung schon wieder eine Stimme.

»Mr Covel, darf ich mich kurz vorstellen? Mein Name ist Trooper Keddle, ich bin Anwalt und spezialisiert auf

Schadensersatzprozesse. Darf ich vielleicht reinkommen?«

Nein, flehte Packy im Stillen. Bitte nicht.

Er fühlte, wie ihn jemand am Hosenbein zog. Jo-Jo flüsterte: »Wir können hier nicht ewig warten und darauf hoffen, dass uns jemand reinbittet, Packy. Man sieht ja nicht viel durch dieses Fenster, aber eins sehe ich jedenfalls: Das Wetter wird allmählich richtig schlecht, es ziehen immer mehr dicke Wolken auf.«

»Ich brauche jetzt keinen Wetterbericht von dir«, schimpfte Packy zurück. »Halt die Klappe!«

Der Anwalt folgte Wayne in die Küche. »Nehmen Sie doch bitte Platz«, bot ihm Wayne an. »Holen Sie Ihren Laptop raus, und schreiben Sie alles auf, was ich Ihnen zu sagen habe. Wenn Sie glauben, Lem Pickens kann Sie zu mir schicken, um mich einzuschüchtern, dann haben Sie sich schwer getäuscht, und er auch. Ich habe seinen blöden Baum nicht, und er wird mich nicht deswegen anklagen. Haben Sie das, Troopy?«

»Nein, nein, nein, Mr Covel«, beruhigte ihn Keddle. »Wir sprechen darüber, dass *Sie ihn* verklagen sollen. Er hat sie in aller Öffentlichkeit verleumdet. Sehen Sie, er hat nicht gesagt, dass Sie ›angeblich‹ schuldig sind. Man kann juristisch gesehen jeden Menschen jedes beliebigen Verbrechens beschuldigen, solange man immer schön sagt, er habe dieses Verbrechen ›angeblich‹ begangen. Aber Mr Pickens hat sie ohne jedes Anzeichen einer derartigen Formulierung beschuldigt, ein Verbrechen begangen zu haben, und dies auch noch in einer landesweit ausgestrahlten Fernsehsendung. Und sehen Sie, Mr Covel, unsere Kanzlei hat den Ehrgeiz, dafür zu sorgen, dass Sie dafür voll und ganz entschädigt werden. Schließlich ist die Integrität Ihrer Persönlichkeit angegriffen worden. Sie haben das *verdient*, Mr Covel. Und Ihre Familie ebenfalls.«

»Ich bin nicht verheiratet. Und meine Verwandtschaft

kann mich mal«, gab Wayne zur Antwort. »Aber wollen Sie damit sagen, dass das, was ich im Radio gehört habe, stimmt? Dass ich Lem Pickens dafür vor Gericht bringen kann, dass er mich zu Unrecht beschuldigt?« Bei dem Gedanken lehnte er sich mit seinem Stuhl zurück und lachte herzhaft.

»Sie können ihn vor Gericht bringen, weil er Ihren Ruf beschädigt hat, weil er ihnen Schmerz und emotionales Leid zugefügt hat, was zweifellos Ihre Fähigkeit verringern wird, Ihrer Arbeit in gewohnter Weise nachzugehen. Sie können ihn dafür vor Gericht bringen, dass Sie sich das Kreuz verrenkt haben, als Sie aus dem Bett aufstanden, weil er so sehr an Ihre Tür hämmerte, für ...«

»So langsam begreife ich«, sagte Wayne. »Klingt gut.«

»Und das Beste ist, Sie müssen keinen Penny im Voraus zahlen. Meine Kanzlei ist einzig und allein daran interessiert, Ihnen Recht zu verschaffen. ›Gerechtigkeit für die Opfer‹, das ist der Wahlspruch, den alle unsere Anwälte über ihrem Schreibtisch an der Wand stehen haben.«

»Wie viele Leute sind Sie in Ihrer Kanzlei, Troopy?«

»Zwei, meine Mutter und ich.«

Ich habe nie eine Waffe getragen, wirklich niemals, dachte Packy. Ich musste zum Glück nie eine Waffe tragen. Ich bin ein Verbrecher, aber in dieser Hinsicht habe ich mir nie die Hände schmutzig gemacht. Aber jetzt gäbe ich viel darum, wenn ich eine hätte.

Allerdings ist Jo-Jo ziemlich kräftig, er könnte Covel festhalten. Wenn ich mit der Machete herumfuchtele, als ob ich damit gleich auf ihn losgehen wollte, dann haben wir unsere Diamanten in zwei Sekunden. Covel wird es nicht darauf ankommen lassen. Aber diesen windigen Anwalt auch noch festzuhalten, das wird einfach zu viel. Er sieht ziemlich kräftig gebaut aus, und vielleicht sind ja auch noch mehr Leute vor dem Haus.

Wenn von denen einer einen Schrei hört, sind wir geliefert.
Jo-Jo zupfte ihn schon wieder am Hosenbein. »Du hast gesagt, der Diamant, den wir gefunden haben, ist zwei Millionen wert«, flüsterte er. »Vielleicht sollten wir es einfach damit gut sein lassen.«
Packy schüttelte den Kopf so heftig, dass er an die Tür stieß.
»Diese Kellertür knarrt fürchterlich«, erklärte Wayne dem Anwalt, während er Keddles Visitenkarte in die Tasche steckte und aufstand. »Vielleicht könnte ich mir mit Lems Geld eine neue kaufen.« Die Vorstellung löste einen weiteren Lachanfall bei ihm aus, in den Keddle einstimmte, so gut er konnte.
Dann verließ er das Haus, nicht ohne eine nochmalige Rechnung aufgemacht zu haben, wie viel der arme, entrechtete Wayne von seinem Gegner zu erwarten hatte.
Jetzt, dachte Packy. Jetzt geht es los. Er nickte Jo-Jo zu. Einen Augenblick später, als Wayne auf dem Weg zurück an den Küchentisch an der Kellertür vorbeikam, flog die Tür auf, und bevor er mehr von sich geben konnte als ein Grunzen, lag er auch schon auf dem Boden. Packy klebte ihm den Mund mit Klebeband zu, und Jo-Jo bog ihm erst die Arme, dann die Beine nach hinten und fesselte ihn dann.
»Mach die Jalousien im Wohnzimmer runter, Jo-Jo«, befahl Packy. »Schließ die Haustür ab. Jeder da draußen soll denken, dem Kerl hier reicht's jetzt mit der Gesellschaft.« Er legte die Machete auf den Boden, einen Zoll vor Covels Gesicht. »Erkennst du die wieder?«, fragte er. »Ich wette, du erkennst sie wieder. Vielleicht hilft sie dir, dich daran zu erinnern, was du mit meinen Diamanten angestellt hast.«
Er tätschelte Wayne den Kopf. »Du solltest nicht einmal daran denken, irgendein Geräusch zu machen, sonst

kannst du deinen Namen von dem Griff abnagen. Verstanden?«

Wayne konnte gar nicht mehr aufhören zu nicken.

Packy stand auf und eilte zum Küchenfenster. Von der Seite her zog er die Jalousie herunter, was dazu führte, dass sie sich ganz aus der Verankerung löste. Sie war mit einem dünnen Draht befestigt gewesen. Was für ein Handwerker, dachte er, und mit einem verächtlichen Blick auf Wayne griff er nach dem Klebeband, zog einen Stuhl zum Fenster, stieg hinauf und begann die Jalousie wieder notdürftig zu befestigen.

Jo-Jo hatte in den vorderen Zimmern mehr Glück gehabt, aber gerade in dem Augenblick, als er zur Haustür eilte, um sie abzuschließen, drehte sich der Türknauf, und die Tür öffnete sich. »Wayniiie, Hasiiiii«, tirilierte Lorna, als sie hereinkam. »Überraschung!«

35

Opal fühlte sich wie damals nach der Vollnarkose bei ihrer Blinddarmoperation. Sie erinnerte sich, wie jemand gesagt hatte: »Sie kommt zu sich, gib ihr noch ein bisschen.«

Und jemand anderes hatte geantwortet: »Sie hat genug bekommen, um einen Elefanten ins Koma zu versetzen.«

Das Gefühl war dasselbe: wie in einem Nebel oder unter Wasser, als wenn sie versuchte, an die Oberfläche zurückzuschwimmen. Damals, bei der Blinddarmoperation, hatte sie noch gesagt: »Ich bin hart im Nehmen, so leicht versetzt man mich nicht ins Koma.«

Und das dachte sie jetzt auch. Wenn sie zum Zahnarzt ging, brauchte sie fast eine ganze Vorratsdose örtliche Betäubung, um sich einen Weisheitszahn ziehen zu lassen. Immer wieder hatte sie dem Arzt gesagt, er sollte nachspritzen, sie sei immer noch so klar und nüchtern wie ein Verkehrsrichter.

Woher kommt das bloß, dass ich so viel von dem Zeug vertrage?, fragte sie sich, wobei ihr allmählich ins Bewusstsein drang, dass sie ihre Arme nicht bewegen konnte. Wahrscheinlich haben sie mich vor der Operation festgebunden, dachte sie und schlief wieder ein.

Einige Zeit später begann sie wieder, zur Wasseroberfläche zu schwimmen. Was ist bloß los mit mir?, dachte sie. Man könnte meinen, ich hätte fünf Wodka intus. Warum fühle ich mich bloß so komisch? In ihrem Kopf tauchte der Verdacht auf, sie wäre wieder auf der Hochzeit ihrer Cousine Ruby. Da hatten sie so billigen Wein ausgeschenkt, dass sie schon nach wenigen Gläsern einen fürchterlichen Kater bekommen hatte.

Meine Cousine heißt Ruby ... ich heiße Opal ... Rubys

Tochter heißt Jade … lauter Edelsteine, dachte sie schläfrig. Ich fühle mich aber gar nicht wie ein Edelstein. Ich fühle mich bestenfalls wie ein Kieselstein. Familie Feuerstein. Irgendwer hat einen Preis für die Idee bekommen, das Baby der Feuersteins Pebbles zu nennen, Kieselstein. Irgendwann habe ich mal zu meinem Dad gesagt, ich fände Opal einen blöden Namen. Da hat er gesagt: »Rede mit deiner Mutter darüber, es war ihre Idee.« Mama hat aber behauptet, unser Grandpa hätte uns immer seine Edelsteine genannt, und er hätte auch die Namen vorgeschlagen. *Edelsteine* …
Sie schlief wieder ein.

Als sie das nächste Mal die Augen öffnete, versuchte sie, ihre Arme zu bewegen, und sie spürte sofort, dass etwas nicht so war, wie es sein sollte. Wo bin ich?, dachte sie. Warum kann ich mich nicht bewegen? Ach Gott – Packy Noonan! Er hat mich erwischt, als ich sein Nummernschild studiert habe. Und dann waren da noch zwei Männer. Sie haben mich gefesselt. Ich habe am Küchentisch gesessen. Sie haben mit meinem Geld, mit dem Geld, das sie mir gestohlen haben, Diamanten gekauft. Und sie haben den Weihnachtsbaum entführt. Aber sie *haben* die Diamanten nicht, noch nicht. Der Mann im Fernsehen, der mit den Kratzern im Gesicht, hat die Diamanten. Wie hieß er noch mal? Wayne … Ich habe am Küchentisch gesessen. Was ist bloß passiert? Der Kaffee hat komisch geschmeckt. Ich habe ihn nicht ausgetrunken. Sie schlief wieder ein.
Unmittelbar bevor sie wieder aufwachte, träumte sie, dass sie die Gasflamme an ihrem Herd nicht abgedreht hatte. In ihrem Traum roch sie das ausströmende Gas. Im Aufwachen flüsterte sie: »Ich habe das nicht geträumt, ich rieche es wirklich, das Gas.«

36

Alvirah und Willy kamen vor Regan und Jack im Hotel an.

»Die Ski-Patrouille hat alle Wege und Loipen mindestens einmal kontrolliert«, sagte die Angestellte an der Rezeption. »Keine Spur von Ihrer Freundin, aber alle sind alarmiert.«

Opals Foto lag gut sichtbar auf dem Tisch der Rezeption. »Haben inzwischen viele Gäste ausgecheckt?«, fragte Alvirah.

»O ja«, sagte die junge Frau. »Verstehen Sie, wir haben natürlich jede Menge Wochenendgäste. Wir haben jedem, der hier vorbeikam, das Foto gezeigt, aber leider hatte bisher niemand irgendeine nähere Information für uns. Ein paar Leute sagen, dass sie sich erinnern, Miss Fogarty im Speisesaal gesehen zu haben, aber das war's dann auch schon.«

Regan und Jack betraten die Hotelhalle.

»Ach, Regan«, sagte Alvirah. »Inzwischen bin ich mir ganz sicher, dass Packy Noonan und Benny Como unsere arme Opal in die Finger bekommen haben. Ich habe schon bei der Polizei angerufen, um zu erfahren, ob sich irgendjemand gemeldet hat, aber natürlich war da keine Meldung eingegangen. Die Leute hätten sicherlich doch eher mich angerufen.«

Willy sagte das, was ihnen allen durch den Kopf ging: »Und was nun?«

Alvirah wandte sich noch einmal zur Rezeption um. »Ich weiß, Sie haben der Skilehrerin eine Nachricht hinterlassen, die am Samstagnachmittag Dienst hatte. Könnten Sie noch einmal versuchen, sie zu erreichen?«

»Aber natürlich. Wir haben allerdings schon mehrere Nachrichten hinterlassen, sowohl bei ihr zu Hause als auch auf der Mailbox ihres Handys, aber ich versuche es noch mal. Ich weiß, sie schläft gern lang, wenn sie freihat. Es kann aber auch sein, dass sie zum Skifahren gegangen ist. Und ich glaube nicht, dass sie ihr Handy überallhin mitnimmt.«

»Sie schläft gern lang?«, fragte Alvirah. »Es ist nach Mittag!«

»Sie ist erst zwanzig«, lächelte die Rezeptionistin und begann die Nummer zu wählen.

Als die junge Frau wieder nur eine Nachricht auf dem Anrufbeantworter loswurde, sagte Alvirah: »Ich glaube, da haben wir kein Glück.«

»Sie sagten, Sie könnten vielleicht mit den Leuten sprechen, die am Samstag in dem gleichen Skikurs waren wie Opal«, bemerkte Jack. »Vielleicht gibt es ja eine Liste dieser Personen im Computer.«

»Aber sicher, die kann ich Ihnen ausdrucken«, antwortete die Angestellte. »Das dauert nur eine Minute.« Sie eilte in das Büro gleich um die Ecke.

Die vier standen schweigend da, bis sie zurückkam, eine Liste mit sechs Namen in der Hand. »Ich weiß, dass ein paar von diesen Gästen heute früh ausgecheckt haben, aber warten Sie, dann kann ich im Computer überprüfen, ob noch jemand hier ist.«

Die Tür der Hotelhalle öffnete sich mit einem Krachen. Ein rothaariger Junge von etwa zehn Jahren stürmte herein, gefolgt von seinen leicht ermüdet aussehenden Eltern. Was er zu ihnen sagte, konnte man mühelos bis in den ersten Stock des Hotels hören.

»Ist ja nicht zu fassen, dass die den Baum gefällt haben! Ich meine, wie haben die das denn bloß geschafft? Mom, können wir die Bilder heute noch entwickeln lassen, damit ich sie morgen in der Schule vorzeigen kann? Wenn die anderen den Baumstumpf sehen! Ich möchte so gern nach New York und sehen, welchen Baum sie nehmen, um die Lichter dranzumachen. Können wir da in den Weihnachtsferien hinfahren? Ich möchte ihn fotografieren, dann kann ich das Bild neben das Foto von dem Baumstumpf hängen.«

Eine Pause in seinem Redeschwall entstand erst, als er das Bild von Opal an der Rezeption sah. »Das ist die Frau, die am Samstagnachmittag in meinem Langlaufkurs war.« Mit dem Foto in der Hand hüpfte er durch die Halle, ein Energiebündel, wie man es selten zu sehen bekam.

»Kennst du die Frau?«, fragte Alvirah. »Du bist mit ihr beim Skilaufen gewesen?«

»Ja, sicher. Sie war ziemlich cool. Sie hat mir erzählt, dass sie Opal heißt und dass sie zum ersten Mal auf Skiern stand. Dafür war sie echt gut, jedenfalls viel besser als die alte Schachtel, die immer auf den Skispitzen lief.«

Alvirah entschloss sich, die Sache mit der »alten Schachtel« zu ignorieren.

»Bobby, hab ich dir nicht gesagt …«, ging sein Vater dazwischen. »Du sollst ›ältere Dame‹ sagen.«

»Ach, was soll das denn? So nennt dieser Sänger, Screwy Louie, seine Frau doch auch.«

»Wann bist du mit Opal beim Skilaufen gewesen?«, ging Alvirah schnell dazwischen.

»Am Samstagnachmittag.«

Alvirah wandte sich an die Eltern. »Waren Sie auch dabei?«

Die beiden blickten leicht peinlich berührt zu Boden.

»Nein«, sagte die Mutter. »Ich bin Janice Granger, mein Mann Bill und ich sind den ganzen Vormittag mit Bobby unterwegs gewesen, und nach dem Mittagessen wollte er wieder losziehen. Die Skilehrerin kennt ihn sehr gut und hat auf ihn aufgepasst.«

»Aufgepasst? Auf mich? Ich habe auf Opal aufgepasst!« Der Junge zeigte mit dem Finger auf das Foto.

»Was meinst du damit, dass du auf sie aufgepasst hast?«, fragte Alvirah.

»Die Skilehrerin hatte uns auf eine andere Loipe geführt, weil auf unserem normalen Weg ein paar Leute vor uns waren, die echt superlangsam waren und uns allen auf die Nerven gingen. Opal musste stehen bleiben und sich setzen, um ihren Schnürsenkel zu richten, der gerissen war. Da habe ich auf sie gewartet. Ich musste sie ein bisschen zur Eile antreiben, weil sie die ganze Zeit bloß auf das Haus starrte.«

»Sie starrte ein Haus an?«

»Ja, da war jemand vor dem Haus und lud seine Skier auf den Dachgepäckträger von einem Van. Und sie stand da und starrte den Mann an. Ich habe sie gefragt, ob sie ihn kennt, und sie hat gesagt, nein, aber er käme ihr irgendwie bekannt vor.«

»Welche Farbe hatte der Van, fragte Alvirah schnell.

Bobby verdrehte die Augen zum Himmel, biss auf seiner Lippe herum und sah sich um. »Ich bin ziemlich sicher, dass er weiß war.«

Regan, Jack, Willy und Alvirah waren nun absolut sicher, dass der Mann, den Opal beobachtet hatte, Packy Noonan oder Benny Como gewesen war. Nun musste man wirklich das Schlimmste befürchten.

»Wo ist dieses Haus?«, fragte Jack schnell.

»Hat irgendwer eine Landkarte?«, fragte Bobby zurück.

»Ja, ich habe eine hier«, antwortete die Frau an der Rezeption sofort.

»Wir kommen hierher, seit Bobby ganz klein war«, sagte der Vater des Jungen. »Er kennt sich hier besser aus als irgendjemand sonst.«

Die Angestellte legte die Karte mit den Skiwanderwegen auf den Tisch. Bobby blickte eine Weile darauf, dann zeigte er auf einen der Wege. »Das ist ein echt cooler Weg zum Skifahren«, sagte er.

»Das Haus!«, ging Alvirah dazwischen. »Bobby, wo ist das Haus?«

Er zeigte auf einen Punkt auf der Karte. »Hier waren die

Lahmärsche. Wir sind eine Art Schleife um sie herum gelaufen. Und hier blieb die alte Scha... – Opal – stehen, um ihren Schnürsenkel zusammenzuknoten.«

»Und da ist auch das Haus?«, fragte Regan.

»Ja doch! Man erkennt es an der riesigen Scheune daneben.«

»Ich kann mir ungefähr vorstellen, wo das ist«, sagte Bill Granger, der Vater des Jungen.

»Können Sie uns den Weg zeigen?«, fragte Jack. »Wir haben wirklich keine Zeit zu verlieren, dies ist ein Notfall.«

»Natürlich.«

»Ich komme mit«, sagte Bobby voller Begeisterung, mit weit aufgerissenen Augen.

»Auf keinen Fall«, bremste ihn seine Mutter.

»Das ist ungerecht! Ich bin der Einzige hier, der genau weiß, wie das Haus aussieht«, beharrte Bobby.

»Da hat er unbedingt Recht«, sagte Alvirah mit fester Stimme.

»Ich will nicht, dass sich Bobby in Gefahr bringt«, sagte Janice.

»Könnten Sie uns dann nicht gemeinsam dorthin bringen?«, bat Jack. »Bitte. Es ist wirklich schrecklich dringend.«

Bobbys Eltern wechselten einen Blick. »Unser Wagen steht gleich vor der Tür«, sagte der Vater.

»Jippiiie«, schrie Bobby und rannte vor ihnen hinaus.

Sie eilten zusammen zum Parkplatz. Jack setzte sich ans Steuer von Alvirahs und Willys Wagen, und sie folgten den Grangers den langen, gewundenen Weg den Hügel hinunter, hin zu der Farm mit dem ausströmenden Gas, in dem eine schläfrige Opal darum kämpfte, endlich richtig wach zu werden.

37

Entschlossenheit war die eine Sache, Erfolg die andere. Lems rasende Fahrt durch die Stadt und ihre Außenbezirke führte zu nichts. Die Möglichkeit, sein Versprechen einzulösen, Viddy den Baum zurückzubringen, war ungefähr so groß wie seine Fähigkeit, über den Mond zu springen.

Lem fuhr die Hauptstraße des Ortes hinunter. Als er das Zeichen seines Lieblingsdiners sah, bremste er und suchte sich einen Parkplatz. Inzwischen knurrte sein Magen so laut, dass er nicht mehr geradeaus denken konnte.

Man kann nicht denken, wenn man hungrig ist, entschied Lem schnell. Er hatte nicht mal gefrühstückt, entschuldigte er seine Pause. Ich bin ja gar nicht mehr ins Haus zurückgekommen, bis wir mit diesen Leuten aus New York reingingen, dachte er, und so gut Viddys heiße Schokolade auch ist, sie macht einen ausgewachsenen Mann nicht den ganzen Tag satt.

Er stieg aus seinem Wagen und sah das Foto einer Frau, das an eine Straßenlaterne geheftet war. Für einen Augenblick betrachtete er das Bild der Frau, die ihr Lotterielos in die Kamera hielt. Es erinnerte ihn an damals, als er in der Lotterie von Vermont hätte gewinnen können, aber nicht gespielt hatte. Die Zahlen, die Viddy und er immer angekreuzt hatten, waren in jener Woche gekommen.

Viddy war für eine Weile ganz schön frostig zu mir, erinnerte er sich. Zum Glück war es nicht einer von diesen richtig großen Gewinnen. Ich habe ihr erzählt, dass die Steuern sie sowieso umgehauen hätten und dass dann alle möglichen windigen Verkäufer vor der Tür stehen würden und uns Sachen anbieten würden, die wir nicht brauchten, beispielsweise Bauland in Florida, das in Wirklichkeit nur ein Stück Sumpfland voller Alligatoren ist.

Aber so ganz hatte er sie nicht überzeugen können. Sie konnte schon unheimlich stur sein.

Lems Augen wurden schmal. Die Nummer, die man anrufen sollte, wenn man irgendetwas über diese Opal wusste, war die von Alvirah Meehan. Man konnte aber auch die Polizei anrufen.

Alvirah war heute bei uns zu Hause, das stell sich mal einer vor. Wir suchen beide etwas, was uns wirklich wichtig ist.

Lem ging in den Diner und setzte sich an den Tresen. Danny hatte heute Tagschicht. »Na, Lem, das mit deinem Baum tut mir Leid.«

»Danke. Ich muss bloß schnell was essen, denn ich will und muss diesen Baum finden, und wenn ich dabei draufgehe.«

»Was willst du essen?«

»Schinken, Speck, zwei Spiegeleier, Frikadellen, O.J. und zwei Scheiben Toast, ungetoastet. Keine Butter, die esse ich nie.«

Danny schenkte ihm eine Tasse Kaffee ein. Rechts über seinem Kopf war der Fernseher eingeschaltet, aber der Ton war leise gestellt.

Lem warf einen Blick auf den Bildschirm. Ein Reporter zeigte auf einen Tieflader. Lem hörte nicht mehr so gut, oft genug musste ihn Viddy irgendetwas zweimal fragen, weil er sie nicht gleich verstand.

»Dreh doch mal den Fernseher lauter, Danny«, rief er. Danny griff nach der Fernbedienung und drückte den Lautstärkeknopf.

»... der verlassene Tieflader, auf dem die Fingerabdrücke von Benny Como gefunden wurden, sah schrecklich aus, vor allem die Fahrerkabine. Aber aus gewöhnlich gut unterrichteten Kreisen erfahren wir, dass man zwischen den halb leeren Tüten mit Kartoffelchips, den

Kaugummipapierchen und Hamburger-Schachteln etwas reichlich Seltsames gefunden hat, wenn man bedenkt, wer das Fahrzeug lenkte.
Lem beugte sich vor.
»Man fand nämlich die Fotokopie eines Gedichts mit dem Titel *Ode an eine Fruchtfliege*, die über der Sonnenblende steckte. Der Dichter ist unbekannt, seine Unterschrift ist unleserlich.«
Lem sprang auf wie von der Tarantel gestochen. »Das ist Milos Gedicht!«, schrie er. »Dieser hirnverbrannte Blödsinn! Ich bin ein Idiot!« Und dann verließ er im Laufschritt den Diner und rannte zu seinem Wagen.
Als er den Pickup gestartet hatte und aus der Parklücke bog, wurde er immer wütender auf sich selbst. Ich bin ein Idiot!, dachte er noch einmal. Ich hatte es direkt vor der Nase, und habe ich irgendwas gesehen? Nein! Der Kerl, dem die Bruchbude gehört, die Milo gemietet hat, der hat schon vor Jahren seine Scheune vergrößert. Er hat immer gedacht, irgendwann würde mal eins von seinen Maultieren, die er für Rennpferde hielt, das Kentucky Derby gewinnen. Aber die Scheune! Die Scheune ist groß genug für meinen Baum!

38

Wo sind die Steine?«, fragte Packy gefährlich ruhig. »Wo sind meine Diamanten?«

Diese Frage konnte Wayne Covel unmöglich beantworten, denn sein Mund war mit Paketband zugeklebt. Wayne und Lorna saßen auf den Küchenstühlen, beide an Händen und Füßen gefesselt. Nachdem Packy Lorna gewarnt hatte, dass ihr erster Schrei auch ihr letzter sein würde, hatte er ihr den Mund nicht mehr zugeklebt. Nicht nötig. Er nahm an, dass sie viel zu verängstigt war, um zu schreien, und damit hatte er Recht. Und er nahm außerdem an, dass sie, falls der Idiot Wayne anfing, ihn zum Narren zu halten, wissen würde, wo die Steine wahrscheinlich versteckt waren.

»Wayne«, sagte Packy. »Du hast die Thermosflasche mit den Steinen aus Pickens' Baum geklaut. Das war nicht nett von dir. Es war meine Thermosflasche, nicht deine. Ich werde jetzt das Klebeband von deinem Mund entfernen, und wenn du dann anfängst zu schreien, werde ich nicht sehr glücklich sein. Hast du das verstanden?«

Wayne nickte.

»Er versteht alles«, zitterte Lorna. »Wirklich, er versteht das. Er sieht vielleicht nicht besonders schlau aus, aber in Wirklichkeit ist er gar nicht so dumm. Ich habe immer gesagt, er hätte allerhand erreichen können, wenn er nur nicht so faul wäre.«

»Danke, ich habe seine gesamte Lebensgeschichte schon gehört«, unterbrach Packy sie. »Er hat sie einem Reporter erzählt. Übrigens hat er dich auch erwähnt.«

Lorna warf den Kopf herum. »Was hast du ihm erzählt?«, fragte sie Wayne.

»Packy, wir müssen uns beeilen«, drängte Jo-Jo.

Packy starrte Jo-Jo wütend an, als er sah, wie die Angst

wieder aus Waynes Augen wich. Das Mädchen hatte Recht, Covel war nicht dumm. Im Augenblick arbeitete sein Hirn vermutlich auf Hochtouren und versuchte sich eine Möglichkeit auszudenken, wie er die Diamanten für sich behalten konnte. Mit einer schnellen Bewegung riss Packy das Paketband von Waynes Mund, wobei einige der längeren Barthaare mit ausgerissen wurden.

Wayne stöhnte laut.

»Stell dich nicht so an«, herrschte Packy ihn an. »Millionen von Frauen bezahlen für die Prozedur mindestens einmal im Monat. Sie machen das allerdings mit Wachs.« Er lehnte sich über den Tisch. »Die Flasche. Die Diamanten. Jetzt.«

»Er hat keine Diamanten«, protestierte Lorna. »Der Mann hat noch nicht mal genug Geld in der Tasche, dass es ihm die eine Seite der Hose runterzieht. Wenn Sie mir nicht glauben, werfen Sie doch mal einen Blick in die Zigarrenkiste da drüben neben der Spüle. Sie ist voll mit Rechnungen und vor allem mit Mahnungen.«

»Halt die Klappe, Mädel«, sagte Packy, »Covel, wo sind die Diamanten?«

»Ich habe keine ...«

»Doch, hast du wohl!«, grollte Packy. Aus seiner Tasche zog er den gelben Diamanten, den sie auf dem Kellerfußboden gefunden hatten. Er fuchtelte damit unter Covels Nase herum und legte ihn dann auf den Küchentisch.

»Der steckte in den schmutzigen Lumpen, die du die Treppe runtergeworfen hast.«

»Den muss jemand hier fallen lassen haben. Hier waren heute so viele Leute.« Covels Stimme klang schrill.

»Mein Gott, der Stein ist ja der Wahnsinn!«, quiekte Lorna.

Er hat Angst, aber nicht genug, um schnell zur Sache zu kommen, dachte Packy. Er lehnte sich wieder über

den Tisch, bis sein Gesicht nur noch einen Zoll von Waynes Nase entfernt war.
»Ich könnte jetzt erlauben, dass Jo-Jo dir mal zeigt, was eine Harke ist. Er kann nämlich sehr unangenehm werden, und du würdest sofort reden, wenn es so weit käme. Aber ich bin ein netter Mensch. Ich bin fair.« Er nahm den gelben Diamanten und ließ ihn in Waynes Brusttasche fallen. »Dieser kleine Kerl da direkt an deinem Herzen ist zwei Millionen Dollar wert. Er gehört dir, wenn du uns die Thermosflasche mit dem Rest rausrückst.«
»Ich sage Ihnen doch, ich habe keine Ahnung, wovon Sie reden!«
Er spielt auf Zeit, dachte Packy. Wahrscheinlich weiß er, dass demnächst wieder irgendwer hier auftaucht. Er nahm die Machete vom Tisch und blickte sie nachdenklich an. »Allmählich glaube ich, wir verlieren die Geduld, nicht wahr, Jo-Jo?«
»Ja, wir verlieren allmählich die Geduld«, bestätigte Jo-Jo grimmig.
Packy hob die Machete über seinen Kopf und zielte damit auf den Küchentisch. Mit einem lauten Krachen drang die Klinge in die Tischplatte ein. Er zog sie mit einem Ruck wieder heraus.
»Das ist die schöne Machete, die ich dir mal zu Weihnachten geschenkt habe«, rief Lorna anklagend.
»Ja, und damit hast du mich in jede Menge Schwierigkeiten gebracht«, schnarrte Wayne. Er wandte sich zu Packy um. »In Ordnung, in Ordnung, ich sag's Ihnen. Aber nur, wenn ich noch einen Diamanten bekomme – den einen, der aussieht wie ein Rotkehlchenei. Sie haben ja noch jede Menge.«
»Wenn Sie so viele Diamanten haben, hätte ich auch gern einen«, sagte Lorna. »Kann auch ein kleiner sein.«
»Kleine sind nicht dabei«, fuhr Packy sie an. »Covel, du willst das Rotkehlchenei, und deine kleine Freundin

hier will auch noch einen für sich. Ihr zwei solltet euch echt zusammentun, ihr seid ein super Team. Und jetzt sag mir: *Wo ist der Behälter mit den Diamanten?«*

»Ist unser Geschäft perfekt?«, fragte Wayne. »Ich kriege die zwei Diamanten. Wegen ihr machen Sie sich keine Sorgen.«

»Wo ist er?«

»Aber Sie haben immer noch nicht versprochen ...«

»Ich verspreche es! Ich verspreche es beim Leben meiner Mutter!«

Wayne zögerte, schloss die Augen und öffnete sie langsam wieder. »Nun gut, ich will Ihnen vertrauen. Die Thermosflasche ist in der Schublade unter dem Backofen, in einem großen Kochtopf, an dem der Griff fehlt.«

Einen Augenblick später lag Jo-Jo auf den Knien, riss die Schublade auf und zog Töpfe, Pfannen und ein verrostetes Backblech heraus. Der große Topf steckte eingequetscht in einer Ecke. Jo-Jo zog so heftig daran, dass die ganze Schublade herausflog und ihn zurückwarf, den großen Topf in beiden Händen. Er öffnete ihn, schaute nach und griff hinein.

»Das ist sie, Packy, oder?« Er hielt die Thermosflasche hoch.

Packy riss ihm die Flasche aus den Händen, schraubte den Verschluss ab, warf einen Blick hinein, schüttelte einige der Diamanten in seine hohle Hand und wiegte sie zärtlich, während er einen Seufzer der Erleichterung hören ließ.

»In Ordnung, sieht ziemlich voll aus. Ich würde sagen, der Gelbe ist der einzige Klunker, der fehlt.

»Was ist mit dem Rotkehlchenei?«, erinnerte ihn Wayne.

»Ach ja, richtig.« Vorsichtig schüttelte Packy noch ein paar Diamanten heraus. »Da ist es, so groß, dass ich es kaum rauskriege. Aber das macht ja nichts.« Er schüttete die Diamanten wieder zurück in den Behälter.

Dann drehte er sich um, und seine Hand schoss förmlich nach vorn. Als er den gelben Diamanten aus Waynes Brusttasche fingerte, biss Wayne ihm in den Finger.

»Au!«, schrie Packy. »Wehe, wenn ich Tollwut kriege!«

»Ich habe dir doch gesagt, du sollst ihm nicht trauen«, schrie Lorna Wayne an. »Du kriegst kein Stück von ihm.«

Einen Augenblick später hatte Jo-Jo beiden den Mund wieder zugeklebt. Packy ließ die Flasche vor Covels Augen hin und her baumeln. »Du denkst, du bist schlau«, sagte er leise. »Und deine kleine Freundin hier denkt auch, sie ist schlau. Schade, dass ich gerade keine Zeit habe, sonst würde ich euch beiden Schäfchen kurz mal eben die Brooklyn Bridge verkaufen. Wer glaubt, dass ein Verbrecher sein Wort hält, der ist einfach zu gut für diese Welt.«

Und dann machte er sich, Jo-Jo im Gefolge, auf zur Hintertür.

39

Die Grangers bogen auf den Feldweg ab, an dem das Schild mit der Aufschrift »Sackgasse« stand. Nun mussten sie vorsichtig fahren, denn hier gab es jede Menge Wurzeln und Risse im Weg, die vom Schnee halb bedeckt waren. Alvirah, Willy, Regan und Jack im Wagen hinter ihnen wurden fast wahnsinnig bei der Vorstellung, langsamer voranzukommen, aber da hielten die Grangers schon vor einem alten Farmhaus an, und die hintere Tür flog auf.

»Da ist es!«, schrie Bobby und zeigte mit dem Finger auf das Haus.

»Bobby, zurück ins Auto!«, befahl seine Mutter.

Jack fuhr mit dem Wagen der Meehans auf die freie Fläche vor dem Haus und blieb stehen.

»Sieht ziemlich verlassen aus«, sagte Willy, als er von dem Haus hinüber zu der großen Scheune blickte.

Mit schnellen Schritten gingen sie auf das Haus zu.

»Seht ihr«, sagte Jack und zeigte auf die Fläche neben der Scheune. »Da steht der weiße Van mit dem Skiträger.«

Alvirah und Regan eilten zur Veranda und sahen durch die Fenster hinein. Dann griff Alvirah nach Regans Arm. »Da liegen Langlaufskier auf dem Boden.«

»Alvirah, die könnten doch wer weiß wem gehören«, sagte Regan.

»Können sie nicht«, konterte Alvirah. »Direkt daneben liegt Opals Mütze. Wir müssen da rein!«

»Du hast Recht«, stimmte Willy zu. Er versuchte, die Haustür zu öffnen, und als er feststellte, dass sie abgeschlossen war, griff er nach einem der Stühle auf der Veranda und warf ihn durch ein Fenster. In die verblüfften Gesichter seiner Begleiter hinein sagte er: »Wenn wir uns irren, bezahle ich für das Fenster, aber ich habe uneingeschränktes Vertrauen zu den Instinkten meiner Frau.«

In diesem Augenblick traf sie der überwältigende Geruch von Gas.

»O Gott!«, rief Alvirah. »Wenn Opal irgendwo da drinnen ist!«

Mit einem blitzschnellen Fußtritt entfernte Jack das restliche Glas, kletterte ins Haus und öffnete die Tür. Seine Augen tränten schon von dem Gas.

»Opal!«, schrie Alvirah.

Sie rannten durch das Erdgeschoss, konnten aber niemanden entdecken. Willy eilte zum Herd in der Küche und stellte den Brenner ab. »Daher kommt das Gas.«

Regan und Jack rannten nach oben, Alvirah dicht auf ihren Fersen. Die drei Schlafzimmertüren waren geschlossen.

»Hier oben ist nicht ganz so viel Gas«, sagte Regan hustend.

Das erste Schlafzimmer war leer. Im zweiten sahen sie einen Mann, der an das Bett gefesselt war. Alvirah riss die Tür zum dritten Schlafzimmer auf und schnappte vor Schreck nach Luft. Opal lag regungslos da, ebenfalls ans Bett gefesselt.

»O nein!«, flüsterte Alvirah. Sie rannte zu dem Bett, beugte sich herunter und sah, dass Opals Lippen sich bewegten und ihre Lider flatterten. »Sie lebt!«

Schon war Jack neben ihr und durchschnitt blitzschnell die Fesseln mit seinem Taschenmesser. Regan legte einen Arm um Opal und zog sie hoch.

»Wären die Türen nicht geschlossen gewesen, dann wären die zwei schon längst tot«, sagte Jack grimmig. »Kommt ihr mit Opal zurecht?«

»Na sicher«, sagte Alvirah.

Jack eilte in das andere Schlafzimmer, und Regan und Alvirah zogen Opals Arme über ihre Schultern und brachten sie eilig nach unten.

Jack und Willy waren gleich hinter ihnen. Sie schleppten einen bewusstlosen langhaarigen Mann zwischen sich die Treppe hinunter.

Sekunden später waren sie aus dem Haus und von der Veranda herunter. Erst in sicherer Entfernung blieben sie stehen.

»Hätten wir geklingelt, wäre die ganze Bude möglicherweise in die Luft geflogen«, keuchte Jack. »So voll wie das Erdgeschoss schon mit Gas war, hätte jeder elektrische Funke eine Explosion auslösen können.«

Während sie den Platz vor dem Haus überquerten, hörten sie, dass sich ein Fahrzeug näherte: Ein Pickup rumpelte aufs Grundstück.

Bevor sie noch den Gedanken fassen konnten, dass es vielleicht Opals Entführer sein könnten, die zurückkamen, sahen sie, dass Lem Pickens am Steuer saß. Ohne sie überhaupt wahrzunehmen, zischte er an ihnen vorbei und kam direkt neben der Scheune mit quietschenden Bremsen zum Stehen. Vor ihren Augen rannte er zum Scheunentor, riss es auf und begann, auf und nieder zu springen.

»Unser Baum!«, schrie er. »Unser Baum! Ich habe unseren Baum gefunden.« Dann eilte er in die Scheune, um den lange Vermissten genauer zu begutachten.

»Der Baum ist hier!«, rief Regan aus.

Opal hing ihr und Alvirah immer noch über die Schultern. »Packy«, murmelte sie. »Die Diamanten. Mein Geld.«

»Weißt du, wo Packy ist?«, fragte Alvirah sie.

Lem kam aus der Scheune gerannt und auf sie zu. »Unserem Baum geht es gut. Nur ein Ast ist abgebrochen.« Dann nahm er endlich wahr, was hier vor sich ging. »Was ist mit den beiden?«, fragte er.

»Sie müssen ihnen etwas gegeben haben«, vermutete Alvirah. »Und Packy Noonan steckt hinter alldem.«

»Und das ist dieser Möchtegern-Dichter«, erklärte Lem

und zeigte auf den schlafenden Milo, der immer noch von Willy und Jack gestützt wurde.
»Wayne ... hat Diamanten ... Packy ... dorthin«, murmelte Opal.
»Wohin?« fragte Regan sie.
»Waynes Haus ...«
»Ich wusste doch, dass Wayne Covel da mit drinsteckt!«, rief Lem hocherfreut.
Regan drehte sich zu ihm um. »Lem, Sie kennen den Weg zu Wayne Covels Haus. Fahren Sie mit uns dorthin. Bitte! Wir haben keine Minute zu verlieren.«
Jack telefonierte bereits mit der örtlichen Polizei.
Lem warf einen Blick zurück zu der Scheune. »Auf keinen Fall!«, rief er. »Den Baum lasse ich nicht mehr aus den Augen.«
Bobby Granger war seinen Eltern entschlüpft und kam zu ihnen gerannt. »Ich passe auf Ihren Baum auf, Mister«, sagte er ernsthaft. »Niemand wird ihn anfassen, solange ich hier bin.«
»Die Polizei ist auf dem Weg hierher und zu Covels Haus. Ihrem Baum wird nichts geschehen«, sagte Jack in strengem Ton. »Mr Pickens, wir brauchen Ihre Hilfe wirklich sehr dringend. Sie kennen sich in dieser Stadt am besten aus.«
Die Grangers waren herangekommen. »Wir passen auf Ihren Baum auf«, versicherte nun auch Bill Granger.
»Na gut«, willigte Lem ein. »Aber sagen Sie denen, ich habe die Schlüssel für den Tieflader in meiner Tasche. Ich fahre ihn selbst nach Hause zu Viddy. Und noch eins: Ich fahre auf keinen Fall im selben Auto wie dieser so genannte Dichter.«
»Auf den passen wir auch auf«, sagte Bill Granger.
Alvirah setzte sich auf den Rücksitz ihres Autos, dann hob Jack Opal hinein. Willy folgte, um sie von beiden Seiten zu stützen. Regan, Jack und Lem stiegen vorn ein. Jack ließ den Wagen an und fuhr, so schnell er es

vermochte, vom Grundstück und bog auf den rauen Feldweg ein.

»Fahren Sie hier links«, befahl Lem. »Ich habe es doch gewusst, dass Wayne Covel, Packy Noonan und der angebliche Dichter alle unter einer Decke stecken. Wenn Sie nach gestohlener Beute suchen, wäre ich nicht überrascht, alles in Wayne Covels Haus zu finden. Jetzt rechts.«

Milos Schrottkarre fuhr auf der anderen Straßenseite in entgegengesetzter Richtung davon.

»Das ist das Auto des Dichters!«, schrie Lem. »Aber er kann ja wohl kaum fahren.«

Als der Wagen an ihnen vorbeifuhr, kreischte Alvirah auf. »Da fährt Packy Noonan!«

Jack wendete sofort, hing aber hinter einem Lieferwagen fest. Die Straße war zu eng und kurvig, um zu überholen.

»Na los, fahr doch«, sagte er mehr als einmal. »Los doch!«

An einer Kreuzung verschwand Milos Schrotthaufen aus ihrem Blickfeld.

»Da rüber!« Lem zeigte nach links.

»Woher wissen Sie?«, fragte Jack.

»Ganz einfach. Da liegt die Stoßstange mitten auf der Straße. Jetzt ist das Ding doch endlich abgegangen.«

Regan hatte die örtliche Polizei angerufen. Sie berichtete schnell, dass sie Packy Noonan entdeckt hatten, und beschrieb das Auto ebenso wie die Richtung, in die es verschwunden war. Neben ihr saß Opal und murmelte: »Bitte, fangt ihn. Mein ganzes Geld ...«

»Wir kriegen ihn, Opal«, versprach Regan. »Schade nur, dass du nicht wach genug bist, das alles richtig mitzubekommen.«

Hinter der nächsten Kurve sahen sie Milos Auto wieder, das vor sich hin hoppelte. Mit einem breiten Grinsen folgte Jack dem alten Gefährt, beschleunigte wenn nötig, um andere Wagen daran zu hindern, zwischen sie zu kommen. In einiger Entfernung sahen sie ein Polizeiauto, das ihnen mit großer Geschwindigkeit und Blaulicht entgegenkam. Jack blieb stehen, damit das Polizeiauto wenden und direkt hinter Packy einscheren konnte.

Einen Augenblick später konnte man die Stimme des Polizisten durch den Lautsprecher des Wagens hören, selbst bei geschlossenen Fenstern: »Fahren Sie an den Straßenrand, Packy. Bringen Sie sich nicht noch mehr in Schwierigkeiten.«

Ein zweites Polizeiauto fuhr an Jack vorbei, und zwei weitere kamen aus der entgegengesetzten Richtung. In Milos Wagen griff Packy nach der Flasche und reichte sie Jo-Jo. »Sieh zu, dass du das loswirst«, befahl er.

Jo-Jo öffnete das Fenster, ließ den Arm aus dem Fenster baumeln und warf den Behälter, der die Böschung hinunterrollte.

»Meine Güte, da geht sie hin, die viele Arbeit mit den blöden Investoren«, klagte Packy leise, als er sah, wie die Flasche verschwand. Er bremste den Wagen und stellte die Zündung ab.

»Kommen Sie mit erhobenen Händen raus«, kam der Befehl über den Lautsprecher, während die Polizisten aus ihren Fahrzeugen stiegen.

Jack hielt den Wagen ebenfalls an, und alle sprangen heraus, abgesehen von Opal, die auf dem Rücksitz zusammensackte. Regan rannte zum Straßenrand und etwa dreißig Meter zurück. Dann rutschte und stolperte sie die Böschung hinunter. Im tiefen Schnee lag ein Metallbehälter neben einem großen Nadelbaum. Regan hob ihn auf, schüttelte ihn und hörte ein schwaches Klappern. Mit einem breiten Lächeln im Gesicht öffnete sie den Verschluss. »Mein Gott«, murmelte sie, als sie einen ersten Blick auf den Inhalt erhaschte. Dann schüttete sie ein paar der Diamanten in ihre

hohle Hand. »Die müssen ein Vermögen wert sein«, sagte sie leise zu sich selbst. »Wenn das Opal sieht!«
Mit unendlicher Vorsicht ließ sie die Diamanten wieder in den Behälter gleiten und kletterte die Böschung hinauf. Sie rannte zu Packy Noonan, der inzwischen in Handschellen dastand. »Ist das die Flasche aus Ihren Träumen, Packy?«, fragte sie sarkastisch. »Die Menschen, die all ihr Geld in Ihrer windigen Spedition verloren haben, werden unheimlich froh sein, sie zu sehen.«
Ein lautes Krachen aus dem Kofferraum von Milos Wagen ließ sie alle erstarren. Mit gezogener Waffe näherten sich zwei Polizisten dem Wagen, ließen den Kofferraumdeckel aufschnellen und traten ein paar Schritte zurück.
Da saß Benny, mit Jo-Jos Nachricht noch am Revers seiner Jacke, und betrachtete die ganze Szene. »Ich wusste es, wir hätten nicht so gierig werden sollen«, sagte er mit einem lauten Gähnen. »Könnt ihr mich wecken, wenn wir auf der Polizeiwache sind?« Und mit diesen Worten legte er sich wieder hin und schloss die Augen.
Regan drehte sich zu Alvirah um. »Bevor wir diese schönen Steinchen abgeben müssen, sollten wir sie Opal zeigen.«
Sie eilten zum Auto, brachten Opal in eine sitzende Position und legten ihre Hände um die Flasche. »Opal, Schätzchen, sieh doch mal«, sagte Alvirah drängend. »Bleib doch bitte lang genug wach, um einen einzigen Blick auf das hier zu werfen.«
Regan schraubte den Verschluss der Flasche auf.
»Was ist denn?«, fragte Opal schläfrig.
»Diese Diamanten sind dein Lottogewinn. Jetzt wirst du wenigstens einen Teil davon endlich wiederbekommen«, sagte Alvirah.
Diese Worte erreichten selbst Opals schläfriges, von

Tabletten benebeltes Gehirn. Und nun brach sie tatsächlich in Tränen aus.

Eine Stunde später fuhr Lem Pickens mit dem Tieflader durch die Stadt, ohne auch nur für einen Augenblick die Hand von der Hupe zu nehmen. Neben ihm saß Bobby Granger und winkte der jubelnden Menge zu, die sich am Straßenrand versammelt hatte. Schließlich kamen sie zu dem Hügel, auf dem Lems Haus stand.

Alvirah, Willy, Regan, Jack, die Grangers und inzwischen auch Opal standen mit Viddy am Tor zum Pickens-Grundstück. Die Nachricht von dem wieder gefundenen Baum hatte sich wie ein Lauffeuer verbreitet. Die Kamerateams hatten eilig vor dem Haus Aufstellung genommen, um den Moment einzufangen, wenn Lem Pickens, immer noch hupend, im Triumphzug den Tieflader des Rockefeller Centers auf seinen Hof fuhr. Viddys Gesichtsausdruck beim Anblick ihrer geliebten Blaufichte erinnerte Alvirah an die halb betäubte Freude auf Opals Gesicht, und genau wie Opal begann nun auch Viddy zu weinen.

Epilog

Bis zu dem Tag, an dem die Lichter am Weihnachtsbaum zum ersten Mal eingeschaltet werden sollten, waren Lem und Viddy eigentlich schon eingefleischte New Yorker geworden. Zwei Tage nach der Entführung und Wiederentdeckung des Baums hatten sie im Rockefeller Center der Ankunft beigewohnt und den Schulkindern zugehört, die ein Medley von Liedern sangen, während der Baum aufgestellt wurde. Die Stücke aus *The Sound of Music* machten Viddy besonders viel Freude.

Edelweiß, dachte sie. Unsere Blaufichte ist mein Edelweiß.

Sie waren zu der Party eingeladen gewesen, die Opals Leidensgenossen für ihre Retterin gegeben hatten. Viele, viele Investoren der *Patrick Noonan Shipping and Handling Company* waren anwesend gewesen. Die Diamanten wurden auf einen Wert von mehr als siebzig Millionen Dollar geschätzt, sodass die Investoren mindestens zwei Drittel ihres verlorenen Geldes zurückerhalten würden.

Packy Noonan, Jo-Jo und Benny saßen in Haft und warteten auf ihren Prozess. Einen Strand in Brasilien oder an einem beliebigen anderen Ort in der Welt würden sie lange, lange Zeit nicht betreten.

Milo war mit einem blauen Auge davongekommen, weil er sich bereit erklärt hatte, gegen die drei auszusagen, und wegen Opals Aussage, dass er offensichtlich ohne seinen Willen in ein kriminelles Komplott hineingeraten war. Milo lebte wieder in Greenwich Village und schrieb Gedichte über Verrat und Betrug. Sein Bonus von fünfzigtausend Dollar, den die Polizei in dem Haus in Stowe sicherstellte, hatte sich nämlich als Falschgeld erwiesen, aber inzwischen hatte er immer-

hin bereits einen Literaturpreis gewonnen – für ein Gedicht über einen Tieflader.
Als Wayne Covel und seine Freundin gefesselt in ihrer Küche aufgefunden worden waren, hatte Wayne gegenüber den Polizisten so getan, als habe er keine Ahnung, was Packy Noonan eigentlich von ihm gewollt habe. Seine Zeugenaussage widersprach zu seinem Pech den Geschichten, die Opal, Milo, Packy, Jo-Jo und Benny zu erzählen hatten. Im Prozess sagte er dann: »Wenn ich nicht gewesen wäre, säße Packy Noonan jetzt mit der gesamten Beute in Brasilien.« Er gab zu, versucht zu haben, den Baum zu beschädigen, und behauptete, er habe nach einem Weg gesucht, die Diamanten bei der Polizei abzugeben, ohne erklären zu müssen, woher er sie hatte. Diese Geschichte wurde mit leichtem Stirnrunzeln aufgenommen, aber am Ende wurde er nur zu zwölf Stunden gemeinnütziger Arbeit verurteilt. Na, da wird die Gemeinschaft sich aber freuen, dachte Viddy. Seine Ex-Freundin war nach Burlington zurückgekehrt, von wo aus sie weiterhin versuchte, übers Internet einen netten, sensiblen Mann zu finden. Viel Glück, dachte Viddy.
Die bitterste Pille für Packy war freilich, dass er erst im Prozess erfuhr, dass Fichten von der Spitze her wachsen. Der Stamm schiebt sich nicht nach oben, und das bedeutete, er hätte den Baum gar nicht fällen müssen. Seine Flasche war noch genauso weit vom Erdboden entfernt gewesen wie an dem Tag, als er sie dort befestigt hatte. Es wäre alles so einfach gewesen: Sie hätten nur um den Baum herumgehen müssen, dort hätten sie Wayne auf der Leiter gefunden, sie hätten ihn verscheucht und dann in aller Ruhe den Ast abgesägt, an dem der Behälter befestigt war.

Aber heute saßen Lem und Viddy auf ihren reservierten Plätzen und warteten darauf, ihren Baum erstrahlen zu sehen. Alvirah, Willy, Regan, Jack, Nora, Luke, Opal, Opals Freund Herman Hicks, der frisch gebackene Lottogewinner, und die drei Grangers waren bei ihnen. Nach der Zeremonie würden sie alle in Hermans großartiger Wohnung weiterfeiern. Es war ein wunderbarer, kühler Abend. Das Rockefeller Center platzte aus allen Nähten, so viele Zuschauer waren gekommen, und die Straßen rundum waren vollkommen verstopft.

»Viddy, du und Lem, ihr habt euch heute früh in der *Today Show* großartig geschlagen«, sagte Regan. »Ihr seid alle beide echte Naturtalente.«

»Findest du, Regan? Waren meine Haare auch in Ordnung?«

»Na, wenn man bedenkt, was der Friseur gekostet hat, dann sollten sie wohl in Ordnung sein«, bemerkte Lem.

»Ich fand es toll, wie sie mich vor dem Auftritt geschminkt haben«, gab Viddy freimütig zu. »Ich habe Lem schon gesagt, das müssen wir wieder so machen, wenn wir zu eurer Hochzeit kommen.«

»Gott bewahre«, murmelte Lem.

Opal und Bobby saßen gleich nebeneinander. Er wandte sich zu ihr um. »Ich bin echt froh, dass ich in deinem Skikurs war«, sagte er.

»Na, was glaubst du, wie froh ich erst bin«, entgegnete Opal.

»Weißt du, sonst wäre ich ja nicht hier.«

Opal lachte. »Ich auch nicht. Vermutlich wäre ich überhaupt nirgendwo mehr.«

Herman nahm ihre Hand. »Sag doch so was nicht, Opal.«

»Es ist so schön hier«, seufzte Alvirah, die das ganze Schauspiel hingerissen beobachtete.

Willy nickte und lächelte ihr zu. »Es wird wohl darauf hinauslaufen, dass wir den nächsten Monat jeden Abend hier vorbeikommen müssen.«

»Alvirah, jetzt haben wir es tatsächlich verpasst, nach deinem Ahornsirup-Baum zu suchen«, erinnerte Nora sie.

»Weißt du, mein Schatz, wir haben überhaupt ziemlich viele aufregende Sachen verpasst«, neckte Luke sie.

»Von dieser Art Aufregung brauche ich so bald nichts mehr«, protestierte Opal. »Und glaubt mir, von jetzt an lege ich mein Geld nur noch im Sparschwein an. In meinem Leben wird es nie wieder einen Packy Noonan geben – so viel ist sicher. Dieser Schuft!«

Jetzt wurden schon die Weihnachtslieder gesungen. Noch eine Minute.

Es ist einfach zauberhaft, dachte Regan. Jack legte seinen Arm um sie. Und das ist mindestens ebenso zauberhaft, dachte sie und lächelte.

Die Menge begann, die letzten Sekunden mitzuzählen. »Zehn, neun, acht ...«

Lem und Viddy hielten die Luft an und fassten sich an den Händen. Und während sie so dastanden, erstrahlte ihr Baum, den sie fünfzig Jahre lang so sehr geliebt hatten, plötzlich in Tausenden von bunten Lichtern, und alle Menschen in der riesigen Menge brachen in lauten Jubel aus.